Poésie

Du même auteur

H.P. Lovecraft, Le Rocher, 1991 ; J'ai Lu, 1999.

Rester vivant, La Différence, 1991 ; Librio, 1999.

La Poursuite du bonheur, La Différence, 1991 ; Librio, 2001.

Extension du domaine de la lutte, Maurice Nadeau, 1994 ; J'ai Lu, 1997.

Le Sens du combat, Flammarion, 1996.

Rester vivant suivi de *La Poursuite du bonheur* (édition revue par l'auteur), Flammarion, 1997.

Interventions, Flammarion, 1998.

Les Particules élémentaires, Flammarion, 1998 ; J'ai Lu, 2000.

Rester vivant et autres textes, Librio, 1999.

Renaissance, Flammarion, 1999.

Lanzarote, Flammarion, 2000.

Poésies (intégrale poche), J'ai Lu, 2000.

Poésie (nouvelle édition), J'ai lu, 2010.

Plateforme, Flammarion, 2001 ; J'ai Lu, 2002.

Lanzarote et autres textes, Librio, 2002.

La Possibilité d'une île, Fayard, 2005 ; Le Livre de Poche, 2007.

Ennemis publics (avec Bernard-Henri Lévy), Flammarion/Grasset, 2008 ; J'ai Lu, 2010.

Interventions 2, Flammarion, 2009.

MICHEL

HOUELLEBECQ

Poésie

Rester vivant
Le sens du combat
La poursuite du bonheur
Renaissance

J'AI LU

Rester vivant a paru pour la première fois
aux Éditions de la Différence en 1991.

RESTER VIVANT

méthode

D'ABORD, LA SOUFFRANCE

« *L'univers crie. Le béton marque la violence avec laquelle il a été frappé comme mur. Le béton crie. L'herbe gémit sous les dents de l'animal. Et l'homme ? Que dirons-nous de l'homme ?* »

Le monde est une souffrance déployée. À son origine, il y a un nœud de souffrance. Toute existence est une expansion, et un écrasement. Toutes les choses souffrent, jusqu'à ce qu'elles soient. Le néant vibre de douleur, jusqu'à parvenir à l'être : dans un abject paroxysme.

Les êtres se diversifient et se complexifient, sans rien perdre de leur nature première. À partir d'un certain niveau de conscience, se produit le cri. La poésie en dérive. Le langage articulé, également.

La première démarche poétique consiste à remonter à l'origine. À savoir : à la souffrance.

Les modalités de la souffrance sont importantes ; elles ne sont pas essentielles. Toute souffrance est bonne ; toute souffrance est utile ; toute souffrance porte ses fruits ; toute souffrance est un univers.

Henri a un an. Il gît à terre, ses couches sont souillées ; il hurle. Sa mère passe et repasse en claquant des talons dans la pièce dallée, cherchant son soutien-gorge et sa jupe. Elle est pressée d'aller à son rendez-vous du soir. Cette petite chose couverte de merde, qui s'agite sur le carrelage, l'exaspère. Elle se met à crier, elle aussi. Henri hurle de plus belle. Puis elle sort.

Henri est bien parti dans sa carrière de poète.

Marc a dix ans. Son père est en train de mourir d'un cancer à l'hôpital. Cette espèce de machinerie usée, avec des tuyaux dans la gorge et des perfusions, c'est son père. Seul le regard vit ; il exprime la souffrance et la peur. Marc souffre aussi. Il a peur également. Il aime son père. Et en même temps il commence à avoir envie que son père meure, et à s'en sentir coupable.

Marc devra travailler. Il devra développer en lui cette souffrance si particulière et si féconde : la Très Sainte Culpabilité.

Michel a quinze ans. Aucune fille ne l'a jamais embrassé. Il aimerait danser avec Sylvie ; mais Sylvie danse avec Patrice, et manifestement elle y prend plaisir. Il est figé ; la musique pénètre jusqu'au plus profond de lui-même. C'est un slow magnifique, d'une beauté surréelle. Il ne savait pas qu'on pouvait souffrir autant. Son enfance, jusqu'à présent, avait été heureuse.

Michel n'oubliera jamais le contraste entre son cœur figé par la souffrance et la bouleversante beauté de la musique. Sa sensibilité est en train de se former.

Si le monde est composé de souffrance c'est parce qu'il est, essentiellement, libre. La souffrance est la conséquence nécessaire du libre jeu des parties du système. Vous devez le savoir, et le dire.

Il ne vous sera pas possible de transformer la souffrance en but. La souffrance *est,* et ne saurait par conséquent devenir un but.

Dans les blessures qu'elle nous inflige, la vie alterne entre le brutal et l'insidieux. Connaissez ces deux formes. Pratiquez-les. Acquérez-en une connaissance complète. Distinguez ce qui les sépare, et ce qui les unit. Beaucoup de contradictions, alors, seront résolues. Votre parole gagnera en force, et en amplitude.

Compte tenu des caractéristiques de l'époque moderne, l'amour ne peut plus guère se manifester ; mais l'idéal de l'amour n'a pas diminué. Étant, comme tout idéal, fondamentalement situé hors du temps, il ne saurait ni diminuer ni disparaître.
D'où une discordance idéal-réel particulièrement criante, source de souffrances particulièrement riche.
Les années d'adolescence sont importantes. Une fois que vous avez développé une conception de l'amour suffisamment idéale, suffisamment noble et parfaite, vous êtes fichu. Rien ne pourra, désormais, vous suffire.
Si vous ne fréquentez pas de femme (par timidité, laideur ou quelque autre raison), lisez des magazines féminins. Vous ressentirez des souffrances presque équivalentes.

Aller jusqu'au fond du gouffre de l'absence d'amour. Cultiver la haine de soi. Haine de soi, mépris des autres. Haine des autres, mépris de soi. Tout mélanger. Faire la synthèse. Dans le tumulte de la vie, être toujours perdant. L'univers comme une discothèque. Accumuler des frustrations en grand nombre. Apprendre à devenir poète, c'est désapprendre à vivre.

Aimez votre passé, ou haïssez-le ; mais qu'il reste présent à vos yeux. Vous devez acquérir une connaissance complète de vous-même. Ainsi, peu à peu, votre moi profond se détachera, glissera sous le soleil ; et votre corps restera sur place ; gonflé, boursouflé, irrité ; mûr pour de nouvelles souffrances.
La vie est une série de tests de destruction. Passer les premiers tests, échouer aux derniers. Rater sa vie, mais la rater *de peu*. Et souffrir, toujours souffrir. Vous devez apprendre à ressentir la douleur par tous vos pores. Chaque fragment de l'univers doit vous être une blessure personnelle. Pourtant, vous devez rester vivant – au moins un certain temps.

La timidité n'est pas à dédaigner. On a pu la considérer comme la seule source de richesse intérieure ; ce n'est pas faux. Effectivement, c'est dans ce moment de décalage entre la volonté et l'acte que les phénomènes mentaux intéressants commencent à se manifester. L'homme chez qui ce décalage est absent reste proche de l'animal. La timidité est un excellent point de départ pour un poète.

Développez en vous un profond ressentiment à l'égard de la vie. Ce ressentiment est nécessaire à toute création artistique véritable.
Parfois, c'est vrai, la vie vous apparaîtra simplement comme une expérience incongrue. Mais le ressentiment devra toujours rester proche, à portée de main – même si vous choisissez de ne pas l'exprimer.
Et revenez toujours à la source, qui est la souffrance.

Lorsque vous susciterez chez les autres un mélange de pitié effrayée et de mépris, vous saurez que vous êtes sur la bonne voie. Vous pourrez commencer à écrire.

ARTICULER

« Une force devient mouvement dès qu'elle entre en acte et se développe dans la durée. »

Si vous ne parvenez pas à articuler votre souffrance dans une structure bien définie, vous êtes foutu. La souffrance vous bouffera tout cru, de l'intérieur, avant que vous ayez eu le temps d'écrire quoi que ce soit.
La structure est le seul moyen d'échapper au suicide. Et le suicide ne résout rien. Imaginez que Baudelaire ait réussi sa tentative de suicide, à vingt-quatre ans.

Croyez à la structure. Croyez aux métriques anciennes, également. La versification est un puissant outil de libération de la vie intérieure.

Ne vous sentez pas obligé d'inventer une forme neuve. Les formes neuves sont rares. Une par siècle, c'est déjà bien. Et ce ne sont pas forcément les plus grands poètes qui en sont l'origine. La poésie n'est pas un travail sur le langage ; pas essentiellement. Les mots sont sous la responsabilité de l'ensemble de la société.

La plupart des formes neuves se produisent non pas en partant de zéro, mais par lente dérivation à partir d'une forme antérieure. L'outil s'adapte, peu à peu ; il subit de légères modifications ; la nouveauté qui résulte de leur effet conjoint n'apparaît généralement qu'à la fin, une fois l'œuvre écrite. C'est tout à fait comparable à l'évolution animale.

Vous émettrez d'abord des cris inarticulés. Et vous serez souvent tenté d'y revenir. C'est normal. La poésie, en réalité, précède de peu le langage articulé.

Replongez dans les cris inarticulés, chaque fois que vous en ressentirez le besoin. C'est un bain de jouvence. Mais n'oubliez pas : si vous ne parvenez pas, au moins une fois de temps à autre, à en sortir, vous mourrez. L'organisme humain a ses limites.

Au paroxysme de la souffrance, vous ne pourrez plus écrire. Si vous vous en sentez la force, essayez tout de même. Le résultat sera probablement mauvais ; probablement, mais pas certainement.

Ne travaillez jamais. Écrire des poèmes n'est pas un travail ; c'est une charge.

Si l'emploi d'une forme déterminée (par exemple l'alexandrin) vous demande un effort, renoncez-y. Ce type d'effort n'est jamais payant.
Il en va autrement de l'effort général, permanent, consistant à échapper à l'apathie. Il est, lui, indispensable.
Au sujet de la forme, n'hésitez jamais à vous contredire. Bifurquez, changez de direction autant de fois que nécessaire. Ne vous efforcez pas trop d'avoir une personnalité cohérente ; cette personnalité existe, que vous le vouliez ou non.

Ne négligez rien de ce qui peut vous procurer une parcelle d'équilibre. De toute façon, le bonheur n'est pas pour vous ; cela est décidé, et depuis fort longtemps. Mais si vous pouvez attraper un de ses simulacres, faites-le. Sans hésiter.
De toute façon, ça ne durera pas.

Votre existence n'est plus qu'un tissu de souffrances. Vous pensez parvenir à les déployer dans une forme cohérente. Votre objectif, à ce stade : une espérance de vie suffisante.

SURVIVRE

« *Le métier des lettres est tout de même le seul où on puisse sans ridicule ne pas gagner d'argent.* »

Jules RENARD

Un poète mort n'écrit plus. D'où l'importance de rester vivant.

Ce raisonnement simple, il vous sera parfois difficile de le tenir. En particulier au cours des périodes de stérilité créatrice prolongée. Votre maintien en vie vous apparaîtra, dans ces cas, douloureusement inutile ; de toute façon, vous n'écrirez plus.
À cela, une seule réponse : au fond, vous n'en savez rien. Et si vous vous examinez honnêtement, vous devrez finalement en convenir. On a vu des cas étranges.
Si vous n'écrivez plus, c'est peut-être le prélude d'un changement de forme. Ou d'un changement de thème. Ou des deux. Ou c'est peut-être, effectivement, le prélude de votre mort créatrice. Mais vous n'en savez rien. Vous ne connaîtrez jamais exactement cette part de vous-même qui vous pousse à écrire. Vous ne la connaîtrez que sous des formes approchées, et contradictoires. Égoïsme ou dévouement ? Cruauté ou compassion ? Tout pourrait se soutenir. Preuve que, finalement, vous ne savez rien ; alors ne vous comportez pas comme si vous saviez. Devant votre ignorance, devant cette part mystérieuse de vous-même, restez honnête et humble.

Non seulement les poètes qui vivent vieux produisent dans l'ensemble davantage, mais la vieillesse est le siège de processus physiques et mentaux particuliers, qu'il serait dommage de méconnaître.
Cela dit, survivre est extrêmement difficile. On pourra penser à adopter une *stratégie à la Pessoa :* trouver un petit emploi, ne rien publier, attendre paisiblement sa mort.

En pratique, on ira au-devant de difficultés importantes : sensation de perdre son temps, de ne pas être à sa place, de ne pas être estimé à sa vraie valeur… tout cela deviendra vite insoutenable. L'alcool sera difficile à éviter. En fin de compte l'amertume et l'aigreur seront au bout du chemin, vite suivies par l'apathie, et la stérilité créatrice complète. Cette solution a donc ses inconvénients, mais c'est en général la seule. Ne pas oublier les psychiatres, qui disposent de la faculté de donner des arrêts de travail. Par contre, le séjour prolongé en hôpital psychiatrique est à proscrire : trop destructeur. On ne l'utilisera qu'en dernier ressort, comme alternative à la clochardisation.

Les mécanismes de solidarité sociale (allocation chômage, etc.) devront être utilisés à plein, ainsi que le soutien financier d'amis plus aisés. Ne développez pas de culpabilité excessive à cet égard. Le poète est un parasite sacré.

Le poète est un parasite sacré ; semblable aux scarabées de l'ancienne Égypte, il peut prospérer sur le corps des sociétés riches et en décomposition. Mais il a également sa place au cœur des sociétés frugales et fortes.

Vous n'avez pas à vous battre. Les boxeurs se battent ; pas les poètes. Mais, quand même, il faut publier un petit peu ; c'est la condition nécessaire pour que la *reconnaissance posthume* puisse avoir lieu. Si vous ne publiez pas un minimum (ne serait-ce que quelques textes dans une revue de second ordre), vous passerez inaperçu de la postérité ; aussi inaperçu que vous l'étiez de votre vivant. Fussiez-vous le plus parfait génie, il vous faudra laisser une trace ; et faire confiance aux archéologues littéraires pour exhumer le reste. Cela peut rater ; cela rate souvent. Vous devrez au moins une fois par jour vous répéter que l'essentiel est de faire son possible.

L'étude de la biographie de vos poètes préférés pourra vous être utile ; elle devrait vous permettre d'éviter certaines erreurs.
Dites-vous bien qu'en règle générale il n'y a pas de bonne solution au problème de la survie matérielle ; mais il y en a de très mauvaises.

Le problème du lieu de vie ne se posera en général pas ; vous irez où vous pourrez. Essayez simplement d'éviter les voisins trop bruyants, capables à eux seuls de provoquer une mort intellectuelle définitive.
Une petite insertion professionnelle peut apporter certaines connaissances, éventuellement utilisables dans une œuvre ultérieure, sur le fonctionnement de la société. Mais une période de clochardisation, où l'on plongera dans la marginalité, apportera d'autres savoirs. L'idéal est d'alterner.
D'autres réalités de la vie, telles qu'une vie sexuelle harmonieuse, le mariage, le fait d'avoir des enfants, sont à la fois bénéfiques et fécondes. Mais elles sont presque impossibles à atteindre. Ce sont là, sur le plan artistique, des terres pratiquement inconnues.

D'une manière générale, vous serez bringuebalé entre l'amertume et l'angoisse. Dans les deux cas, l'alcool vous aidera. L'essentiel est d'obtenir ces quelques moments de rémission qui permettront la réalisation de votre œuvre. Ils seront brefs ; efforcez-vous de les saisir.

N'ayez pas peur du bonheur ; il n'existe pas.

FRAPPER LÀ OÙ ÇA COMPTE

« *Efforce-toi de te présenter devant Dieu comme un homme éprouvé, un ouvrier qui n'a point à rougir, qui dispense droitement la parole de la vérité.* »

(II Timothée, 2, 15)

Ne recherchez pas la connaissance pour elle-même. Tout ce qui ne procède pas directement de l'émotion est, en poésie, de valeur nulle.
(Il faut bien sûr entendre *émotion* au sens large ; certaines émotions ne sont ni agréables ni désagréables ; c'est en général le cas du sentiment d'étrangeté.)

L'émotion abolit la chaîne causale ; elle est seule capable de faire percevoir les choses en soi ; la transmission de cette perception est l'objet de la poésie.
Cette identité de buts entre la philosophie et la poésie est la source de la secrète complicité qui les lie. Celle-ci ne se manifeste pas essentiellement par l'écriture de poèmes philosophiques ; la poésie doit découvrir la réalité par ses propres voies, purement intuitives, sans passer par le filtre d'une reconstruction intellectuelle du monde. Encore moins par la philosophie exprimée sous forme poétique, qui n'est le plus souvent qu'une misérable duperie. Mais c'est toujours chez les poètes qu'une philosophie neuve trouvera ses lecteurs les plus sérieux, les plus attentifs et féconds. De même, seuls certains philosophes seront capables de discerner, de mettre au jour et d'utiliser les vérités cachées dans la poésie. C'est dans la poésie, presque autant que dans la contemplation directe – et beaucoup plus que dans les philosophies antérieures –, qu'ils trouveront matière à de nouvelles représentations du monde.

Respectez les philosophes, ne les imitez pas ; votre voie, malheureusement, est ailleurs. Elle est indissociable de la névrose. L'expérience poétique et l'expérience névrotique sont deux chemins qui se croisent, s'entrecroisent, et finissent le plus souvent par se confondre ; ceci par dissolution du filon poétique dans le flot sanglant de la névrose. Mais vous n'avez pas le choix. Il n'y a pas d'autre chemin.

Le travail permanent sur vos obsessions finira par vous transformer en une loque pathétique, minée par l'angoisse ou dévastée par l'apathie. Mais, je le répète, il n'y a pas d'autre chemin. Vous devez atteindre le point de non-retour. Briser le cercle. Et produire quelques poèmes, avant de vous écraser au sol. Vous aurez entrevu des espaces immenses. Toute grande passion débouche sur l'infini.

En définitive, l'amour résout tous les problèmes. De même, toute grande passion finit par conduire à une zone de vérité. À un espace différent, extrêmement douloureux, mais où la vue porte loin, et clair. Où les objets nettoyés apparaissent dans leur netteté, leur vérité limpide.

Croyez à l'identité entre le Vrai, le Beau et le Bien.

La société où vous vivez a pour but de vous détruire. Vous en avez autant à son service. L'arme qu'elle emploiera est l'indifférence. Vous ne pouvez pas vous permettre d'adopter la même attitude. Passez à l'attaque !

Toute société a ses points de moindre résistance, ses plaies. Mettez le doigt sur la plaie, et appuyez bien fort. Creusez les sujets dont personne ne veut entendre parler. L'envers du décor. Insistez sur la maladie, l'agonie, la laideur. Parlez de la mort, et de l'oubli. De la jalousie, de l'indifférence, de la frustration, de l'absence d'amour. Soyez abjects, vous serez vrais.

N'adhérez à rien. Ou bien adhérez, puis trahissez tout de suite. Aucune adhésion théorique ne doit vous retenir bien longtemps. Le militantisme rend heureux, et vous n'avez pas à être heureux. Vous êtes du côté du malheur ; vous êtes la partie sombre.

Votre mission n'est pas avant tout de proposer, ni de construire. Si vous pouvez le faire, faites-le. Si vous aboutissez à des contradictions insoutenables, dites-le. Car votre mission la plus profonde est de creuser vers le Vrai. Vous êtes le fossoyeur, et vous êtes le cadavre. Vous êtes le corps de la société. Vous êtes responsables du corps de la société. Tous responsables, dans une égale mesure. Embrassez la terre, ordures !

Déterminez l'innocence, et la culpabilité. D'abord en vous-même, ce qui fournira un guide. Mais aussi chez les autres. Considérez leur comportement, et leurs excuses ; puis jugez, en toute impartialité. Vous ne vous épargnez pas ; n'épargnez personne.

Vous êtes riches. Vous connaissez le Bien, vous connaissez le Mal. Ne renoncez jamais à les séparer ; ne vous laissez pas engluer dans la tolérance, ce pauvre stigmate de l'âge. La poésie est en mesure d'établir des vérités morales définitives. Vous devez haïr la liberté de toutes vos forces.

La vérité est scandaleuse. Mais, sans elle, il n'y a rien qui vaille. Une vision honnête et naïve du monde est déjà un chef-d'œuvre. En regard de cette exigence, l'originalité pèsc peu. Ne vous en préoccupez pas. De toute manière, une originalité se dégagera forcément de la somme de vos défauts. Pour ce qui vous concerne, dites simplement la vérité ; dites tout simplement la vérité, ni plus ni moins.

Vous ne pouvez aimer la vérité et le monde. Mais vous avez déjà choisi. Le problème consiste maintenant à tenir ce choix. Je vous invite à garder courage. Non que vous ayez quoi que ce soit à espérer. Au contraire, sachez que vous serez très seuls. La plupart des gens s'arrangent avec la vie, ou bien ils meurent. Vous êtes des suicidés vivants.

À mesure que vous approchez de la vérité, votre solitude augmente. Le bâtiment est splendide, mais désert. Vous marchez dans des salles vides, qui vous renvoient l'écho de vos pas. L'atmosphère est limpide et invariable ; les objets semblent statufiés. Parfois vous vous mettez à pleurer, tant la netteté de la vision est cruelle. Vous aimeriez retourner en arrière, dans les brumes de l'inconnaissance ; mais au fond vous savez qu'il est déjà trop tard.

Continuez. N'ayez pas peur. Le pire est déjà passé. Bien sûr, la vie vous déchirera encore ; mais, de votre côté, vous n'avez plus tellement à faire avec elle. Souvenez-vous-en : fondamentalement, vous êtes déjà mort. Vous êtes maintenant en tête à tête avec l'éternité.

LE SENS DU COMBAT

I

Le jour monte et grandit, retombe sur la ville
Nous avons traversé la nuit sans délivrance
J'entends les autobus et la rumeur subtile
Des échanges sociaux. J'accède à la présence.

Aujourd'hui aura lieu. La surface invisible
Délimitant dans l'air nos êtres de souffrance
Se forme et se durcit à une vitesse terrible ;
Le corps, le corps pourtant, est une appartenance.

Nous avons traversé fatigues et désirs
Sans retrouver le goût des rêves de l'enfance
Il n'y a plus grand-chose au fond de nos sourires,
Nous sommes prisonniers de notre transparence.

Au long de ces journées où le corps nous domine
Où le monde est bien là, comme un bloc de ciment,
Ces journées sans plaisir, sans passion, sans tourment,
Dans l'inutilité pratiquement divines

Au milieu des herbages et des forêts de hêtres,
Au milieu des immeubles et des publicités
Nous vivons un moment d'absolue vérité :
Oui le monde est bien là, et tel qu'il paraît être.

Les êtres humains sont faits de parties séparables,
Leur corps coalescent n'est pas fait pour durer
Seuls dans leurs alvéoles soigneusement murés
Ils attendent l'envol, l'appel de l'impalpable.

Le gardien vient toujours au cœur du crépuscule ;
Son regard est pensif, il a toutes les clés,
Les cendres des captifs sont très vite envolées ;
Il faut quelques minutes pour laver la cellule.

APRÈS-MIDI

Les gestes ébauchés se terminent en souffrance
Et au bout de cent pas on aimerait rentrer
Pour se vautrer dans son mal d'être et se coucher,
Car le corps de douleur fait peser sa présence.

Dehors il fait très chaud et le ciel est splendide,
La vie fait tournoyer le corps des jeunes gens
Que la nature appelle aux fêtes du printemps
Vous êtes seul, hanté par l'image du vide,

Et vous sentez peser votre chair solitaire
Et vous ne croyez plus à la vie sur la Terre
Votre cœur fatigué palpite avec effort

Pour repousser le sang dans vos membres trop lourds,
Vous avez oublié comment on fait l'amour,
La nuit tombe sur vous comme un arrêt de mort.

CHÔMAGE

Je traverse la ville dont je n'attends plus rien
Au milieu d'êtres humains toujours renouvelés
Je le connais par cœur, ce métro aérien ;
Il s'écoule des jours sans que je puisse parler.

Oh ! ces après-midi, revenant du chômage
Repensant au loyer, méditation morose,
On a beau ne pas vivre, on prend quand même de l'âge
Et rien ne change à rien, ni l'été, ni les choses.

Au bout de quelques mois on passe en fin de droits
Et l'automne revient, lent comme une gangrène ;
L'argent devient la seule idée, la seule loi,
On est vraiment tout seul. Et on traîne, et on traîne...

Les autres continuent leur danse existentielle,
Vous êtes protégé par un mur transparent ;
L'hiver est revenu. Leur vie semble réelle.
Peut-être, quelque part, l'avenir vous attend.

Les moments immobiles que l'on vit presque en fraude
Et les petites morts, petits autodafés ;
C'était sur les deux heures et la ville était chaude,
Les bustiers fourmillaient aux terrasses des cafés

Et tout s'organisait pour la reproduction :
Comportements humains, jeux de dents, rires forcés
L'impossibilité permanente de l'action
Morceaux de vie qu'on rêve, bientôt désamorcés.

Les humains s'agitaient dans les murs de la ville :
Flots sur le boulevard, téléphones portatifs ;
Inquiétude sur la ligne, jeux de regards hostiles :
Tout fonctionne, tout tourne, et j'ai les nerfs à vif.

Il marche dans la nuit, son regard plein de mort,
Et le froid se fait vif entre les carrefours
Cela fait plus d'un an qu'il n'a pas fait l'amour ;
Les êtres humains se croisent, on sent glisser leurs corps.

Il marche dans la ville avec un mot secret,
C'est vraiment très curieux de voir les autres vivre,
De regarder la vie comme on lit dans un livre
Et d'avoir oublié jusqu'au goût du regret.

Il compose le code, retrouve son studio
Et une main glacée se pose sur son cœur
Certainement quelqu'un a commis une erreur,
Il n'a plus très envie d'écouter la radio.

Il est seul, maintenant, et la nuit est immense
Il frôle les objets d'une main hésitante
Les objets sont bien là, mais sa raison s'absente
Il traverse la nuit à la recherche d'un sens.

AU SERVICE DU SANG

Je ne pars plus vraiment en voyage
Car je connais l'endroit
Et je connais mes droits,
Et j'ai connu la rage.

Au service de l'humanité,
Assis dans la cité,
Je connais bien ma chambre
Je sens la nuit descendre.

Les anges qui s'envolent
Dans la splendeur des cieux
Et qui retrouvent Dieu,
Les femmes qui rigolent.

Attaché à ma table,
Assis dans la cité,
La lente intensité
De la nuit implacable.

La nuit dans la cité,
La lente immensité,
La vision très cruelle
Détachée sur le ciel
D'une forme qui bouge
Qui palpite, qui est rouge.

Au service du sang,
Des dégoûts peu conscients,
Des fins d'amour cruelles
Des éclats du réel ;

Tout cela pour quoi faire ?
L'idée d'une vision
La fin d'une chanson
Les hommes qui désespèrent

Qui attendent la rage
Et les corps éclatés
Qui s'accroupissent, blessés,
Dans l'espoir du carnage.

J'apporte l'aliment
De la haine finale,
Je fais frotter mes dents
Et je ressens le mal.

Je connais bien les ruses
De la chair écrasée
On me dit que j'abuse,
Je me sens justifié

Par l'humaine souffrance,
Par les espoirs déçus
Par l'écrasement dense
Des journées superflues.

Je ne suis pas serein,
Mais je suis dans ma chambre
Les anges me tiennent la main,
Je sens la nuit descendre.

L'instant d'une renonciation, je m'abats sur la banquette. Cependant, les rouages du besoin se remettent à tourner. La soirée est fichue ; peut-être la semaine, peut-être la vie ; il n'empêche que je dois ressortir acheter une bouteille d'alcool.

De jeunes bourgeoises circulent entre les rayonnages du Monoprix, élégantes et sexuelles comme des oies. Il y a probablement des hommes, aussi ; je m'en fiche pas mal. On a beau ne plus imaginer de mots possibles entre soi et le reste de l'humanité, le vagin reste une ouverture.

Je remonte les étages, mon litre de rhum serré dans un sac plastique. Je me détruis, je le sens bien ; mes dents s'effritent. Pourquoi, aussi, mon regard fait-il fuir les femmes ? Le jugent-elles implorant, fanatique, coléreux ou pervers ? Je ne le sais pas, je ne le saurai probablement jamais ; mais ceci fait le malheur de ma vie.

FIN DE SOIRÉE

En fin de soirée, la montée de l'écœurement est un phénomène inévitable. Il y a une espèce de planning de l'horreur. Enfin, je ne sais pas ; je pense.
L'expansion du vide intérieur. C'est cela. Un décollage de tout événement possible. Comme si vous étiez suspendu dans le vide, à équidistance de toute action réelle, par des forces magnétiques d'une puissance monstrueuse.

Ainsi suspendue, dans l'incapacité de toute prise concrète sur le monde, la nuit pourra vous sembler longue. Elle le sera, en effet.
Ce sera, pourtant, une nuit protégée ; mais vous n'apprécierez pas cette protection. Vous ne l'apprécierez que plus tard, une fois revenu dans la ville, une fois revenu dans le jour, une fois revenu dans le monde.
Vers neuf heures, le monde aura déjà atteint son plein niveau d'activité. Il tournera souplement, avec un ronflement léger. Il vous faudra y prendre part, vous lancer – un peu comme on saute sur le marchepied d'un train qui s'ébranle pour quitter la gare.
Vous n'y parviendrez pas. Une fois de plus, vous attendrez la nuit – qui pourtant, une fois de plus, vous apportera l'épuisement, l'incertitude et l'horreur. Et cela recommencera ainsi, tous les jours, jusqu'à la fin du monde.

Derrière mes dents et jusqu'au fond de ma gorge mon palais est tapissé de ramifications brunes, rigidifiées et entremêlées comme des branches mortes ; mais à l'intérieur vit un nerf de douleur. Leurs indentations et leurs divisions sont si fertiles que les tiges forment un buisson touffu, comme une surface légèrement rugueuse au-dessus de la chair ; ces faibles tiges supportent à peine le poids du paquet de branches mortes qui les surmonte. La surface en dessous est sale, avec de gros grumeaux de crasse, des capsules et des bouteilles vides qui roulent et frappent les tiges, parcourant l'ensemble du massif d'un frémissement douloureux. Il y a même un os de seiche ; les ramifications ont poussé autour, se sont rigidifiées et durcies.

J'ai peur que quelqu'un vienne avec un peigne de métal et commence à le passer dans ce buisson. L'ensemble craquerait et s'arracherait de l'intérieur de ma bouche dans un jaillissement mou ; les racines de mes dents viendraient avec, tout s'arracherait et pendrait de ma bouche comme une masse de chair filamenteuse et saignante.

Le lobe de mon oreille droite est gonflé de pus et de sang. Assis devant un écureuil en plastique rouge symbolisant l'action humanitaire en faveur des aveugles, je pense au pourrissement prochain de mon corps. Encore une souffrance que je connais mal et qui me reste à découvrir, pratiquement dans son intégralité. Je pense également et symétriquement, quoique de manière plus imprécise, au pourrissement et au déclin de l'Europe.

Attaqué par la maladie, le corps ne croit plus à aucune possibilité d'apaisement. Mains féminines, devenues inutiles. Toujours désirées, cependant.

Bouche entrouverte, comme des carpes, nous laissons échapper des renvois de mort. Pour dissimuler l'odeur de mort qui sort de nos gueules, qui sort invinciblement de nos gueules, nous émettons des paroles.

Les pierres calcaires qui composent nos maisons sont des animaux morts. Des animaux écartelés, dépecés, desséchés ; des coquillages éviscérés. Des coquillages écrasés, triturés, malaxés par la violence interne de la terre ; par la terrifiante chaleur des entrailles de la terre. Des animaux conglomérés et morts.

UNE JOURNÉE AVEC ELLE

Elle me regarde, et son regard est plein de sang. Et sa viande excitante n'est qu'une enveloppe sur du sang. Je vois le sang qui coule de ses seins tranchés. Je vois le sang.

Elle est là. Le matin. Et le soir. Je m'éveille à huit heures du soir et je crois que c'est le matin. Non. C'est le soir. C'est toujours le soir.
C'est la nuit. Qui vient. Et qui n'est pas douce. La nuit avec ses marionnettes de sang ; les fils qui courent dans la chair translucide et jaune. Les marionnettes qui ressemblent à des femmes ; le sang qui coule, doucement, des marionnettes.

Matinée. Explosion. Bleu partout. Toujours du bleu ; splendide. Le jour qui recommence ; qui insiste. Quand viendra la douceur ? Quand viendra la mort ?

DIFFÉRENCIATION RUE D'AVRON

Les débris de ta vie s'étalent sur la table :
Un paquet de mouchoirs à moitié entamé,
Un peu de désespoir et le double des clés ;
Je me souviens que tu étais très désirable.

Le dimanche étendait son voile un peu gluant
Sur les boutiques à frites et les bistrots à nègres ;
Pendant quelques minutes nous marchions, presque
[allègres,
Et puis nous rentrions pour ne plus voir les gens

Et pour nous regarder pendant des heures entières ;
Tu dénudais ton corps devant le lavabo
Ton visage se ridait mais ton corps restait beau
Tu me disais : « Regarde-moi. Je suis entière,

Mes bras sont attachés à mon torse, et la mort
Ne prendra pas mes yeux comme ceux de mon frère,
Tu m'as fait découvrir le sens de la prière,
Regarde-moi, regarde. Mets tes yeux sur mon corps. »

II

DANS L'AIR LIMPIDE

Certains disent : regardez ce qui se passe en coulisse. Comme c'est beau, toute cette machinerie qui fonctionne ! Toutes ces inhibitions, ces fantasmes, ces désirs réfléchis sur leur propre histoire. Toute cette technologie de l'attirance. Comme c'est beau !
Hélas j'aime passionnément, et depuis toujours, ces moments où plus rien ne fonctionne. Ces états de désarticulation du système global, qui laissent présager un destin plutôt qu'un instant, qui laissent entrevoir une éternité par ailleurs niée. Il passe, le génie de l'espèce.

Il est difficile de fonder une éthique de vie sur des présupposés aussi exceptionnels, je le sais bien. Mais nous sommes là, justement, pour les cas difficiles. Nous sommes maintenant dans la vie comme sur des mesas californiennes, vertigineuses plates-formes séparées par le vide ; le plus proche voisin est à quelques centaines de mètres mais reste encore visible, dans l'air limpide (et l'impossibilité d'une réunification se lit sur tous les visages). Nous sommes maintenant dans la vie comme des singes à l'opéra, qui grognent et s'agitent en cadence. Tout en haut, une mélodie passe.

LES ANECDOTES

Les anecdotes, évidemment… Tous les êtres humains se ressemblent. À quoi bon égrener de nouvelles anecdotes ? Caractère inutile du roman. Il n'y a plus de morts édifiantes ; le soleil fait défaut. Nous avons besoin de métaphores inédites ; quelque chose de religieux intégrant l'existence des parkings souterrains. Et bien sûr on s'aperçoit que c'est impossible. Beaucoup de choses, d'ailleurs, sont impossibles. L'individualité est essentiellement un échec. La sensation du moi, une machine à fabriquer le sentiment d'échec. La culpabilité semble offrir une voie intéressante, à condition qu'il fasse beau. Presque impossible à développer. Intelligent et inédit, en tout cas. Grande objectivité.

On gémit de souffrance ou de plaisir,
Le cri est également une synthèse.
L'essentiel est finalement de ne pas dormir ;
Parfois on s'étripe, parfois on se baise.

En réalité, je l'ai toujours su, j'étais moins résistant que toi ; les événements récents en administrent une preuve parfaite. Finalement, le plus vulgaire en toi, c'est encore ton rire. C'est le dernier trait qui manquait à l'abjection de ton personnage, pauvre conne.

Naturellement, nous ne savons pas aimer
Comme l'écrivait ta sœur à sa fille
Après son troisième avortement.
C'est quelque chose comme une espèce de secret
Perdu. Pourtant, le soleil brille
Et les évêques perdent leurs dents.

Il est depuis quelques semaines évident pour moi que les expériences n'enrichissent pas l'être humain, mais qu'elles l'amoindrissent ; plus exactement, elles le détruisent. Les gens réfléchissent, ils font la moyenne ; naturellement ça se rapproche de zéro, et même assez vite. Finalement, le plus grand succès de mon parcours terrestre aura été de ne rien pouvoir apprendre, en aucun cas, de la vie.

La face de l'homme se détachait avec une éprouvante netteté sur le fond de branchages (humains, nous flairons les humains ; nous les délimitons au milieu d'un espace touffu).

Si nous reconnaissons la Gestalt de l'humain
Dans un environnement franchement défavorable,
Si nous délimitons ses contours de nos mains
Afin que le semblable soit connu du semblable.

Pourquoi la solitude ? Pourquoi l'écrasement ?
Pourquoi dans la poitrine le reptile de l'angoisse ?
Au milieu de la nuit, la langue entre les dents,
Je sens dans mes organes les bactéries qui croissent.

Semblables et différents, nos corps sont envahis par des germes. Différents et semblables, ces germes contiennent le pourrissement, impliquent le désespoir. Ils constituent, cependant, l'essence de la réalité.

Je n'ai jamais pu supporter les trop longs moments d'union avec la nature,
Il y a trop de fouillis et d'animaux qui glissent
J'aime les citadelles qu'on bâtit dans l'azur
Je veux l'éternité, ou au moins ses prémisses.

L'examen attentif du sol d'une pinède fait apparaître une profonde dysharmonie entre ses brindilles. Cette dysharmonie se révèle créatrice d'un monde, et d'un destin pour les insectes. Ils se croisent, chacun préoccupé d'une survie aléatoire. Leur vie sociale paraît limitée.

Je n'ai jamais réussi à accepter les cantates de Jean-Sébastien Bach,
La répartition y est trop parfaite entre le silence et le bruit
J'ai besoin de hurlements, d'un magma corrosif, d'une atmosphère d'attaque
Qui puisse écarteler le silence de la nuit.

Notre génération semble avoir redécouvert le secret d'une musique parfaitement rythmée, et donc parfaitement ennuyeuse. Entre la musique et la vie, il n'y a qu'un pas. Payé par personne, au service de l'humanité, je continue à frotter une par une mes allumettes lyriques. Heureusement, le SIDA veille.

Parlons de foin et de fœtus :
Les vaches, parfois, sont nerveuses
Et sous les abris d'autobus
Leur regard douloureux se creuse.

J'admire énormément les vaches
Mais les pouliches, le soir, j'y pense.
J'aurais aimé être un Apache,
Mais je travaille à la Défense.

Si vous connaissez la tour GAN,
Vous connaissez mon existence ;
Regardez la forme de mon crâne,
Imaginez des expériences.

J'aurais aimé une prairie
Immense et grise sous le vent
J'aurais aimé une patrie,
Quelque chose de fort et de grand.

Les pouliches avancent et reculent,
Leur comportement est prudent
Les commerciaux sont des crapules,
Mais ils sourient à pleines dents.

Quand elle m'apercevait, elle tendait son bassin
Et elle ironisait : « C'est gentil d'être venu... »
J'observais vaguement la courbe de ses seins
Et puis je m'en allais. Mon bureau était nu.

Tous les vendredis soir je jetais des dossiers
Pour retrouver lundi un bureau identique
Et je l'aimais beaucoup. Elle était pathétique,
C'était une secrétaire à la viande avariée.

Elle vivait vaguement tout près de Cheptainville
Avec un enfant roux, des cassettes vidéo
Elle ne connaissait pas les rumeurs de la ville
Et le samedi soir elle louait des films porno.

Elle tapait du courrier et j'aimais son visage,
Tant elle s'efforçait d'être une obéissante
Elle avait trente-cinq ans ou peut-être cinquante,
Elle allait vers la mort et elle n'avait plus d'âge.

MIDI

La rue Surcouf s'étend, pluvieuse ;
Au loin, un charcutier-traiteur.
Une Américaine amoureuse
Écrit à l'élu de son cœur.

La vie s'écoule à petits coups ;
Les humains sous leur parapluie
Cherchent une porte de sortie
Entre la panique et l'ennui
(Mégots écrasés dans la boue).

Existence à basse altitude,
Mouvements lents d'un bulldozer ;
J'ai vécu un bref interlude
Dans le café soudain désert.

L'INSUPPORTABLE RETOUR DES MINIJUPES

Dans le métro, les jeunes femmes
Circulent dans une ambiance de drame
Au mois de mai, si désirables ;
Je suis sorti sans mon cartable.

Occasions d'« aventures sexuelles » ?
Jeux savants de la séduction ?
Mes journées sont nettement réelles,
J'accède à la stupéfaction.

L'infini des wagons plombés
Sur la ligne 8 (Balard-Créteil) ;
Le lendemain je suis tombé,
C'était une journée de soleil.

On inaugurait le printemps
À coups de jupettes affolantes,
Je n'avais plus beaucoup de temps
(Et je sentais ma chair vivante).

L'Éternité en pension complète,
Découverte individuelle du pays
Soirée disco où les corps s'achètent,
Mais pas d'assurance pour la nuit.

Je suis en système libéral
Comme un loup dans un terrain vague,
Je m'adapte relativement mal
J'essaie de ne pas faire de vagues.

Certains soirs, je nourris l'idée
Que j'ai des amis quelque part
C'est difficile de décider
Que pour la vie, il est trop tard.

Je suis au milieu des vacances
Comme un acteur sans scénario,
Mais je sais que les autres dansent
Et qu'ils se filment en vidéo.

Les êtres établissent une distance
Qui est prétexte à la franchir ;
Ainsi, dans la soirée, ils dansent ;
Transpiration et repentir.

Je me sens cloué sur ma chaise
Comme un ver blanc trop bien nourri ;
Pourtant les femmes sentent la fraise
Le réséda, le patchouli.

Je me tortille et je me voûte,
J'attends la gifle du destin ;
Comme un chien qui cherche sa croûte,
Je flaire les parfums féminins.

La soirée se prolonge et crève,
Je vais reprendre un Mogadon
Pour aller au pays des rêves :
La nuit, je quitte ma prison.

SÉJOUR-CLUB

Le poète est celui qui se recouvre d'huile
Avant d'avoir usé les masques de survie
Hier après-midi le monde était docile,
Une brise soufflait sur les palmiers ravis

Et j'étais à la fois ailleurs et dans l'espace,
Je connaissais le Sud et les trois directions
Dans le ciel appauvri se dessinaient des traces,
J'imaginais les cadres assis dans leurs avions

Et les poils de leurs jambes, très similaires aux miens
Et leurs valeurs morales, et leurs maîtresses hindoues
Le poète est celui, presque semblable à nous,
Qui frétille de la queue en compagnie des chiens.

J'aurai passé trois ans au bord de la piscine
Sans vraiment distinguer le corps des estivants,
L'agitation des corps traverse ma rétine
Sans éveiller en moi aucun désir vivant.

La lumière évolue à peu près dans les formes.
Je suis toujours couché au niveau du dallage.
Il faudrait que je meure ou que j'aille à la plage ;
Il est déjà sept heures. Probablement, ils dorment.

Je sais qu'ils seront là si je sors de l'hôtel,
Je sais qu'ils me verront et qu'ils auront des shorts,
J'ai un schéma du cœur. Près de l'artère aorte,
Le sang fait demi-tour ; la journée sera belle.

Tout près des parasols, différents mammifères
Dont certains sont en laisse et font bouger leur queue ;
Sur la photo j'ai l'air d'être un enfant heureux ;
Je voudrais me coucher dans les ombellifères.

Nulle ombre ne répond ; les cieux sont bleus et vides,
Et cette mongolienne en tee-shirt « Predator »
Aligne en vain les mots en gargouillis morbides
Pendant que ses parents soulignent ses efforts.

Un retraité des postes enfile son cycliste
Avant de s'évertuer en mouvements gymnastiques
À contenir son ventre. Une jeune fille très triste
Suit la ligne des eaux. Elle tient un as de pique.

Nul bruit à l'horizon, nul cri dans les nuages ;
La journée s'organise en groupes d'habitudes
Et certains retraités ramassent des coquillages ;
Tout respire le plat, le blanc, la finitude.

Un Algérien balaie le plancher du « Dallas »,
Ouvre les baies vitrées. Son regard est pensif.
Sur la plage on retrouve quelques préservatifs ;
Une nouvelle journée monte sur Palavas.

SYSTÈME SEXUEL MARTINIQUAIS

On a organisé un papier peint blanchâtre
Pour que les gens y vivent et caressent leurs corps
On n'est pas en vacances pour penser à la mort
En système libéral, parmi tous les mulâtres

Et sous les filaos, les épidermes suent
La journée est très blanche, on se recouvre d'huile
On organise des jeux, le public est docile
Et le soir on déguste des côtelettes de tortue.

Il faut organiser un échange orgastique
Pour que chacun s'amuse et filme en vidéo
Les ébats amoureux, les danses en paréo
Et les fins de soirée un peu paroxystiques.

Ainsi les êtres humains échangent leurs muqueuses
Avant de tout ranger dans les valises en fibre,
C'est ainsi qu'ils expriment leur statut d'êtres libres
Et leur humanité interchangeable et creuse.

Comme un week-end en autobus,
Comme un cancer à l'utérus,
La succession des événements
Obéit toujours à un plan.

Toutefois, les serviettes humides,
Le long des piscines insipides,
Détruisent la résignation
Le cerveau se met en action.

Il envisage les conséquences
De certaines amours de vacances,
Il aimerait se détacher
De la boîte crânienne tachée.

On peut nettoyer sa cuisine,
Dormir à la Mépronizine,
La nuit n'est jamais assez noire
Pour en finir avec l'histoire.

RÉPARTITION – CONSOMMATION

I. J'entendais des moignons frotter,
L'amputé du palier traverse
La concierge avait des alliés
Qui nettoyaient après l'averse

Le sang des voisines éventrées,
Il fallait que cela se passe
Discussions sur la vérité,
Mots d'amour qui laissent des traces.

La voisine a quitté l'immeuble,
La cuisinière est arrivée
J'aurais dû m'acheter des meubles,
Tout aurait pu être évité.

Puisqu'il fallait que tout arrive,
Jean a crevé les yeux du chat
Monades isolées qui dérivent,
Répartitions et entrechats.

II. Au milieu des fours micro-ondes,
Le destin des consommateurs
S'établit à chaque seconde ;
Il n'y a pas de risque d'erreur.

Sur mon agenda de demain,
J'avais inscrit : « Liquide vaisselle » ;
Je suis pourtant un être humain :
Promotion sur les sacs-poubelle !

À tout instant ma vie bascule
Dans l'hypermarché Continent
Je m'élance et puis je recule,
Séduit par les conditionnements.

Le boucher avait des moustaches
Et un sourire de carnassier,
Son visage se couvrait de taches…
Je me suis jeté à ses pieds !

I. J'ai croisé un chat de gouttière,
Son regard m'a tétanisé ;
Le chat gisait dans la poussière,
Des légions d'insectes en sortaient.

Ton genou de jeune otarie,
Gainé dans un collant résille,
Se pliait sans le moindre bruit ;
Dans la nuit, les absents scintillent.

J'ai croisé un vieux prolétaire
Qui cherchait son fils disparu
Dans la tour GAN, au cimetière
Des révolutionnaires déçus.

Tes yeux glissaient entre les tables
Comme la tourelle d'un char ;
Tu étais peut-être désirable,
Mais j'en avais tout à fait marre.

J'ai marché toute l'après-midi ;
C'était une « activité sportive », en contact avec la nature ;
Pourtant, je suis à nouveau envahi par l'angoisse.

L'hôtel est confortable ;
On ne peut rien lui reprocher, à l'hôtel.
C'est simplement la présence de la vie qui pèse sur moi,
Qui rend les soirées pratiquement impossibles.

C'est la présence ou l'absence de l'esprit qui détermine notre bonheur
Et j'ai eu beau exercer mes muscles toute l'après-midi, aux approches du soir, quelque chose se met à peser sur mon cœur.

Dans la gare de Fontan-Saorge
(Désertée, fermée, carreaux brisés et toilettes bouchées),
Le dernier train de la journée devait passer.

J'ai tiré de mon sac à dos un magazine de rencontres échangistes,
Je l'ai déchiré en deux parts égales
Et j'ai déposé les morceaux près des toilettes « à la turque ».

Les femmes continueront à réclamer des godemichets et de gros sexes blacks
Pour l'improbable plaisir d'un retraité des chemins de fer italiens
Venu visiter la gare où il avait fait sa carrière
Et élevé ses enfants
Avant que l'école ne ferme.

Les insectes courent entre les pierres,
Prisonniers de leurs métamorphoses
Nous sommes prisonniers aussi
Et certains soirs la vie
Se réduit à un défilé de choses
Dont la présence entière
Définit le cadre de nos déchéances
Leur fixe une limite, un déroulement et un sens ;

Comme ce lave-vaisselle qui a connu ton premier mariage
Et ta séparation,
Comme cet ours en peluche qui a connu tes crises de rage
Et tes abdications.

Les animaux socialisés se définissent par un certain nombre de rapports
Entre lesquels leurs désirs naissent, se développent, deviennent parfois très forts
Et meurent.

Ils meurent parfois d'un seul coup,
Certains soirs
Il y avait certaines habitudes qui constituaient la vie et voilà qu'il n'y a plus rien du tout
Le ciel qui paraissait supportable devient d'un seul coup extrêmement noir
La douleur qui paraissait acceptable devient d'un seul coup lancinante
Il n'y a plus que des objets, des objets au milieu desquels on est soi-même immobilisé dans l'attente,

Chose entre les choses,
Chose plus fragile que les choses
Très pauvre chose
Qui attend toujours l'amour
L'amour, ou la métamorphose.

Dans le métro, sur le périf,
La machine commence à tourner
Je m'arrête, soudain attentif :
J'entends la machine exploser

Au ralenti, comme un organe,
Comme un ventricule noirci ;
Au loin j'aperçois la tour GAN,
C'est là que se décide ma vie.

Les cadres montent vers leur calvaire
Dans des ascenseurs de nickel,
Je vois passer les secrétaires
Qui se remettent du rimmel.

Sous les maisons, au fond des rues,
La machine sociale avance
Vers des objectifs inconnus ;
Nous n'avons plus aucune chance.

Cet homme sur l'autre quai est en bout de course ;
Je ne suis plus tout à fait au début.
Pourquoi est-ce que je ressens de la pitié pour lui ?
Pourquoi, *exactement ?*

Sur le quai, près de moi, il y a des amoureux
Qui ne regardent pas l'homme
(De pseudo-amoureux, car il est déjà chauve).
Cependant, ils s'embrassent ;
Ils semblent croire à l'existence d'un monde entre eux,
D'un autre monde que celui de l'homme,

De l'homme en face
Qui se lève et rassemble ses sacs Prisunic,
Définitivement en bout de course ;
Sait-il que Jésus-Christ est mort pour lui ?

Il se lève, il rassemble ses sacs,
Il clopine jusqu'au bout du quai
Et là, profitant de l'angulation de l'escalier,
Il disparaît.

DERNIER REMPART
CONTRE LE LIBÉRALISME

Nous refusons l'idéologie libérale parce qu'elle est incapable de fournir un sens, une voie à la réconciliation de l'individu avec son semblable dans une communauté qu'on pourrait qualifier d'humaine,
Et d'ailleurs le but qu'elle se propose est même tout différent.

Nous refusons l'idéologie libérale au nom de l'encyclique de Léon XIII sur la mission sociale de l'Évangile et dans le même esprit que les prophètes antiques appelaient la ruine et la malédiction sur la tête de Jérusalem,
Et Jérusalem tomba, et pour se relever elle ne mit pas moins de quatre mille ans.

Il est indiscutable et avéré que tout projet humain se voit de plus en plus évalué en fonction de purs critères économiques,
De critères absolument numériques,
Mémorisables sur fichiers informatiques.
Cela n'est pas acceptable et nous devons lutter pour la mise en tutelle de l'économie et pour sa soumission à certains critères que j'oserai appeler éthiques,

Et quand on licencie trois mille personnes et que j'entends bavasser sur le coût social de l'opération il me prend une envie furieuse d'étrangler une demi-douzaine de conseillers en audit,
Ce qui serait une excellente opération,
Un dégraissage absolument bénéfique,
Une opération pratiquement hygiénique.

Faites confiance à l'initiative individuelle, voilà ce qu'ils répètent partout, ce qu'ils vont partout répétant comme ces vieux réveils à ressort dont l'uniforme déclic suffisait généralement à nous plonger dans une insomnie fatigante et définitive,
À cela je ne peux répondre qu'une seule chose, et cette chose ressort d'une expérience à la fois navrante et répétitive,
C'est que l'individu, je veux parler de l'individu humain, est très généralement un petit animal à la fois cruel et misérable,
Et qu'il serait bien vain de lui faire confiance à moins qu'il ne se voie repoussé, enclos et maintenu dans les principes rigoureux d'une morale inattaquable,
Ce qui n'est pas le cas.

Dans une idéologie libérale, s'entend.

Le but de la vie, c'est d'aimer
Chacun le dit, chacun le sait
Tes paroles sont inutiles
Je ne sens plus ton corps fragile

Et le but de ma vie s'efface
Droit devant, la tour Montparnasse
Dont les étages au ralenti
S'allument comme un rêve englouti.

Nous traversons le commercial
Comme une enveloppe irisée
Dont les stimuli névrosés
Délimitent un destin brutal.

C'est notre vie, c'est notre mort
Qui se dessinent sur les réseaux
La ville nourrit ses bourreaux
Et le dégoût emplit nos corps.

Expériences inarticulées
J'achète des revues sexuelles
Remplies de fantasmes cruels
Au fond, il faut éjaculer

Et s'endormir comme une viande
Sur un matelas défoncé
Enfant, je marchais dans la lande
Je cueillais des fleurs recourbées
Et je rêvais du monde entier
Enfant, je marchais dans la lande
La lande était douce à mes pieds.

Confrontée à l'alternative de l'aurore, Annabelle sentait les ombres de sa jeunesse glisser entre les rideaux. Elle aurait souhaité prononcer un adieu définitif à l'amour. Tout l'y incitait ; le glissement des souvenirs, se disait-elle, aurait dû maintenant lui suffire. Il y avait maintenant la nuit, et les organes malades. Une autre expérience, une autre vie ; moins agréable que la précédente, mais probablement plus brève. Sa voisine avait un caniche ; pourquoi pas elle ? Un caniche ne vous protège pas des voyous ; mais son perpétuel état d'enfance est une joie pour les yeux. Il observe le glissement des rideaux, pousse de légers gémissements en apercevant la lumière du jour. Il reconnaît sa laisse, et son collier. Comme l'homme, il est quelquefois atteint d'un cancer. Il accueille la mort avec courage. Il regarde autour de lui, pousse un bref jappement, et il saute dans la cascade.

Si calme, dans son coma,
Elle avait accepté une certaine prise de risque
(Comme on soutient parfois le soleil, et son disque,
Avant que la douleur devienne trop cruelle),
Supposant que chacun était semblable à elle,
Mais naturellement ce n'était pas le cas.

Elle aurait pu mener une vie douce et pleine
Parmi les animaux et les petits enfants
Mais elle avait choisi la société humaine,
Et elle était si belle à l'âge de dix-neuf ans.

Ses cheveux blonds sur l'oreiller
Formaient une auréole étrange,
Comme un intermédiaire de l'ange
Et du noyé.

Si calme, définitivement belle,
Elle soulevait à peine les draps
En respirant ; mais rêvait-elle ?
Elle semblait heureuse, en tout cas.

Avant, il y a eu l'amour, ou sa possibilité ;
Il y a eu des anecdotes, des bifurcations et des silences
Il y a eu ton premier séjour
Dans une institution sereine
Où l'on repeint les jours
D'un blanc légèrement crème.

Il y a eu l'oubli, le presque oubli, il y a eu un départ
Une possibilité de départ
Tu t'es couché de plus en plus tard
Et sans dormir
Dans la nuit
Tu as commencé à sentir tes dents frotter
Dans le silence.

Puis tu as songé à prendre des cours de danse
Pour plus tard
Pour une autre vie
Que tu vivrais la nuit,
Surtout la nuit,
Et pas seul.

Mais c'est fini,
Tu es mort
Maintenant, tu es mort
Et tu es vraiment dans la nuit
Car tes yeux sont rongés
Et tu es vraiment dans le silence
Car tu n'as plus d'oreilles
Et tu es vraiment seul
Tu n'as jamais été aussi seul
Tu es couché, tu as froid et tu te demandes
Écoutant le corps, en pleine conscience, tu te demandes
Ce qui va venir
Juste après.

III

Sublime abstraction du paysage.

COURTENAY – AUXERRE NORD.

Nous approchons des contreforts du Morvan. L'immobilité, à l'intérieur de l'habitacle, est totale. Béatrice est à mes côtés. « C'est une bonne voiture », me dit-elle.

Les réverbères sont penchés dans une attitude étrange ; on dirait qu'ils prient. Quoi qu'il en soit, ils commencent à émettre une faible lumière jaune orangé. La « raie jaune du sodium », prétend Béatrice.

Déjà, nous sommes en vue d'Avallon.

Il faisait beau ; et je marchais le long d'un coteau sec et jaune.
La respiration sèche et irrégulière des plantes, en été… qui semblent prêtes à mourir. Les insectes grésillent, perçant la voûte menaçante et fixe du ciel blanc.

Au bout d'un certain temps, quand on marche sous le soleil, en été, la sensation d'absurdité grandit, s'impose et envahit l'espace, on la retrouve partout. Si même au départ vous aviez une direction (ce qui est hélas fort rare… la plupart du temps, on a affaire à une « simple promenade »), cette image de but s'évanouit, elle semble s'évaporer dans l'air surchauffé qui vous brûle par petites vagues courtes à mesure que vous avancez sous le soleil implacable et fixe, dans la complicité sournoise des herbes sèches, promptes à brûler.

Au moment où une chaleur poisseuse commence à engluer vos neurones, il est trop tard. Il n'est plus temps de secouer d'une crinière impatiente les errements aveugles d'un esprit capturé, et lentement, très lentement, le dégoût aux multiples anneaux se love et affermit sa position, bien au centre du trône, du trône des dominations.

Le TGV Atlantique glissait dans la nuit avec une efficacité terrifiante. L'éclairage était discret. Sous les parois de plastique d'un gris moyen, des êtres humains gisaient dans leurs sièges ergonomiques. Leurs visages ne laissaient transparaître aucune émotion. Se tourner vers la fenêtre n'aurait servi à rien : l'opacité des ténèbres était absolue. Certains rideaux, d'ailleurs, étaient tirés ; leur vert acide composait une harmonie un peu triste avec le gris sombre de la moquette. Le silence, presque absolu, n'était troublé que par le nasillement léger des walkmans. Mon voisin immédiat, les yeux clos, se retirait dans une absence concentrée. Seul le jeu lumineux des pictogrammes indiquant les toilettes, la cabine téléphonique et le bar Cerbère trahissait une présence vivante dans la voiture. Soixante êtres humains y étaient rassemblés.

Long et fuselé, d'un gris acier relevé par de discrètes bandes colorées, le TGV Atlantique n° 6557 comportait vingt-trois voitures. Entre mille cinq cents et deux mille êtres humains y avaient pris place. Nous filions à 300 km/h vers l'extrémité du monde occidental. Et j'eus soudain la sensation (nous traversions la nuit dans un silence feutré, rien ne laissait deviner notre prodigieuse vitesse ; les néons dispensaient un éclairage modéré, pâle et funéraire), j'eus soudain la sensation que ce long vaisseau d'acier nous emportait (avec discrétion, avec efficacité, avec douceur) vers le Royaume des Ténèbres, vers la Vallée de l'Ombre de la Mort.

Dix minutes plus tard, nous arrivions à Auray.

Avant, mais bien avant, il y a eu des êtres
Qui se mettaient en rond pour échapper aux loups
Et sentir leur chaleur ; ils devaient disparaître,
Ils ressemblaient à nous.

Nous sommes réunis, nos derniers mots s'éteignent,
La mer a disparu
Une dernière fois quelques amants s'étreignent,
Le paysage est nu.

Au-dessus de nos corps glissent les ondes hertziennes,
Elles font le tour du monde
Nos cœurs sont presque froids, il faut que la mort vienne,
La mort douce et profonde ;
Bientôt les êtres humains s'enfuiront hors du monde.

Alors s'établira le dialogue des machines
Et l'informationnel remplira, triomphant,
Le cadavre vidé de la structure divine ;
Puis il fonctionnera jusqu'à la fin des temps.

J'ai revu les cahiers où je notais des choses
Sur les différentielles et la vie des mollusques
D'une écriture hachée ; de longues phrases en prose
Qui n'ont guère plus de sens que des poteries étrusques.

J'ai retrouvé la gare et les lundis gelés
Où j'arrivais trop tard pour le train de sept heures ;
Je marchais sur le quai, m'amusant à souffler
L'air chaud de ma poitrine. J'avais froid, j'avais peur.

Nous arrivons au monde épris de connaissance,
Et tout ce qui existe a le droit d'exister
À nos yeux. Nous pensons que chacun a sa chance,
Mais le samedi soir il faut vivre et lutter
Et déjà nous quittons les abords de l'enfance.

Nous quittons l'innocence du regard objectif,
Chaque chose a son prix qu'il faut déterminer
Les relations humaines entrelacent leurs motifs
Plus nous participons, plus nous sommes captifs ;
Puis la lueur s'éteint. L'enfance est terminée.

Je ne reviendrai plus jamais entre les herbes
Qui recouvrent à demi la surface de l'étang.
Il est presque midi ; la conscience de l'instant
Enveloppe l'espace d'une lumière superbe.

Ici j'aurai vécu au milieu d'autres hommes
Encerclés comme moi par le réseau du temps.
Shanti sha nalaya. Om mani padme ôm,
La lumière décline inéluctablement.

Le soir se stabilise et l'eau est immobile ;
Esprit d'éternité, viens planer sur l'étang.
Je n'ai plus rien à perdre, je suis seul et pourtant
La fin du jour me blesse d'une blessure subtile.

MAISON GRISE

Le train s'acheminait dans le monde extérieur,
Je me sentais très seul sur la banquette orange
Il y avait des grillages, des maisons et des fleurs
Et doucement le train écartait l'air étrange.

Au milieu des maisons il y avait des herbages
Et tout semblait normal à l'exception de moi
Cela fait très longtemps que j'ai perdu la joie
Je vis dans le silence, il glisse en larges plages.

Le ciel est encore clair, déjà la terre est sombre ;
Une fissure en moi s'éveille et s'agrandit
Et ce soir qui descend en Basse-Normandie
A une odeur de fin, de bilan et de nombre.

L'appartenance de mon corps
À un matelas de deux mètres
Et je ris de plus en plus fort,
Il y a différents paramètres.

La joie, un moment, a eu lieu
Il y a eu un instant de trêve
Où j'étais dans le corps de Dieu
Mais, depuis, les années sont brèves.

La lampe explose au ralenti
Dans le crépuscule des corps,
Je vois son filament noirci :
Où est la vie ? Où est la mort ?

Les antennes de télévision,
Comme des insectes réceptifs,
S'accrochent à la peau des captifs
Les captifs rentrent à la maison.

Si j'avais envie d'être heureux
J'apprendrais les danses de salon
Ou j'achèterais un ballon
Comme ces autistes merveilleux

Qui survivent jusqu'à soixante ans
Entourés de jouets en plastique
Ils éprouvent des joies authentiques,
Ils ne sentent plus passer le temps.

Romantisme de télévision,
Sexe charité et vie sociale
Effet de réel intégral
Et triomphe de la confusion.

La respiration des rondelles
Et les papillons carnassiers ;
Dans la nuit, un léger bruit d'ailes ;
La pièce est couverte d'acier.

Je n'oublie pas les gestes secs
De cet adolescent furtif
Qui glissait d'échec en échec
En dépliant son corps craintif.

La respiration des termites
S'accomplit sans aucun effort
Une tension vient de la bite,
S'affaiblit en gagnant le corps.

Quand la présence digestive
Emplit le champ de la conscience
S'installe une autre vie, passive,
Dans la douceur et la décence.

En rampant sur le matelas
De notre commune allégeance
Je ne suis plus tout à fait là,
Je ne ressens aucune urgence.

Les gens sont coincés dans leurs peaux,
Ils font danser leurs molécules
Le samedi ils se font beaux,
Puis ils se retrouvent et s'enculent.

Voilà ! Je regarde ma porte,
Elle vient d'une bonne usine
Tout est fini, en quelque sorte,
Je vais coucher dans la cuisine.

Je vais retrouver mes poumons,
Le carrelage sera glacial
Enfant, j'adorais les bonbons
Et maintenant tout m'est égal.

Dans le train direct pour Dourdan,
Une jeune fille fait des mots fléchés
Je ne peux pas l'en empêcher,
C'est une occupation du temps.

Comme des blocs en plein espace
Les salariés bougent rapidement
Comme des blocs indépendants,
Ils trouent l'air sans laisser de trace.

Puis le train glisse entre les rails,
Dépassant les premières banlieues
Il n'y a plus de temps ni de lieu ;
Les salariés quittent leur travail.

Dans le métro à peu près vide
Rempli de gens semi-gazeux
Je m'amuse à des jeux stupides,
Mais potentiellement dangereux.

Frappé par l'intuition soudaine
D'une liberté sans conséquence
Je traverse les stations sereines
Sans songer aux correspondances.

Je me réveille à Montparnasse
Tout près d'un sauna naturiste,
Le monde entier reprend sa place ;
Je me sens bizarrement triste.

Un moment de pure innocence,
L'absurdité des kangourous
Ce soir je n'ai pas eu de chance,
Je suis cerné par les gourous.

Ils voudraient me vendre leur mort
Comme un sédatif dépassé
Ils ont une vision du corps,
Leur corps est souvent ramassé.

Le végétal est déprimant,
À proliférer sans arrêt
Dans la prairie, le ver luisant
Brille une nuit, puis disparaît.

Les multiples sens de la vie
Qu'on imagine pour se calmer
S'agitent un peu, puis c'est fini ;
Le canard a des pieds palmés.

Une âme exposée au Soleil,
Tout près de la mer menaçante ;
Les vagues s'écrasent et réveillent
Une douleur sombre et latente.

Que serions-nous sans le Soleil ?
Écœurement, dégoût, souffrance,
Stupidité de l'existence,
Tout disparaît sous le Soleil.

La chaleur de midi exhale
Le corps d'un plaisir immobile ;
Désir de mort, oubli total,
Yeux clos sur un coma tactile.

Sans pitié, la mer se déploie
Comme un animal qui s'éveille ;
Cet univers n'a pas de loi.
Que serions-nous sans le Soleil ?

Les corps empilés dans le sable,
Sous la lumière inexorable,
Peu à peu se changent en matière ;
Le soleil fissure les pierres.

Les vagues lentement palpitent
Sous la lumière misérable
Et quelques cormorans habitent
Le ciel de leur cri lamentable.

Les jours de la vie sont pareils
À des limonades éventées
Jours de la vie sous le soleil,
Jours de la vie en plein été.

L'exercice de la réflexion,
L'habitude de la compassion,
La saveur rancie de la haine
Et les infusions de verveine.

Dans la résidence Arcadie,
Les chaises inutiles et la vie
Qui se brise entre les piliers
Comme une rivière à noyés.

La chair des morts est tuméfiée,
Livide sous le ciel vitrifié
La rivière traverse la ville
Regards éteints, regards hostiles.

La brume entourait la montagne
Et j'étais près du radiateur,
La pluie tombait dans la douceur
(Je sens que la nausée me gagne).

L'orage éclairait, invisible,
Un décor de monde extérieur
Où régnaient la faim et la peur,
J'aurais aimé être impassible.

Des mendiants glissaient sous les gouttes
Comme des insectes affamés
Aux mandibules mal refermées,
Des mendiants recouvraient la route.

Le jour lentement décroissait
Dans un gris-bleu de mauvais rêve,
Il n'y aurait plus jamais de trêve ;
Lentement, le jour s'en allait.

Je flottais au-dessus du fleuve
Près des carnivores italiens
Dans le matin l'herbe était neuve,
Je me dirigeais vers le bien.

Le sang des petits mammifères
Est nécessaire à l'équilibre,
Leurs ossements et leurs viscères
Sont les conditions d'une vie libre.

On les retrouve sous les herbes,
Il suffit de gratter la peau
La végétation est superbe,
Elle a la puissance du tombeau.

Je flottais parmi les nuages,
Absolument désespéré
Entre le ciel et le carnage,
Entre l'abject et l'éthéré.

La peau est un objet limite,
Ce n'est presque pas un objet
Dans la nuit, les cadavres habitent
Dans le corps habite un regret.

Le cœur diffuse un battement
Jusqu'à l'intérieur du visage ;
Sous nos ongles, il y a du sang
Dans nos corps, un mouvement s'engage.

Le sang surchargé de toxines
Circule dans les capillaires
Il transporte la substance divine,
Le sang s'arrête et tout s'éclaire.

Un moment d'absolue conscience
Traverse le corps douloureux
Moment de joie, de pure présence :
Le monde apparaît à nos yeux.

Il est temps de faire une pause
Avant de recouvrir la lampe.
Dans le jardin, l'agonie rampe ;
La mort est bleue dans la nuit rose.

Le programme était défini
Pour les trois semaines à venir
D'abord mon corps devait pourrir,
Puis s'écraser sur l'infini.

L'infini est à l'intérieur,
J'imagine les molécules
Et leurs mouvements ridicules
Dans le cadavre appréciateur.

Nous devons développer une attitude de non-résistance
[au monde ;
Le négatif est négatif,
Le positif est positif,
Les choses sont.
Elles apparaissent, elles se transforment,
Et puis elles cessent simplement d'exister ;
Le monde extérieur, en quelque sorte, est donné.

L'être de perception est semblable à une algue,
Une chose répugnante et très molle,
Foncièrement féminine
Et c'est cela que nous devons atteindre
Si nous voulons parler du monde
Simplement, parler du monde.

Nous ne devons pas ressembler à celui qui essaie de
[plier le monde à ses désirs,
À ses croyances
Il nous est cependant permis d'avoir des désirs,
Et même des croyances
En quantité limitée.
Après tout, nous faisons partie du phénomène,
Et, à ce titre, éminemment respectables,
Comme des lézards.

Comme des lézards, nous nous chauffons au soleil du
[phénomène
En attendant la nuit
Mais nous ne nous battrons pas,
Nous ne devons pas nous battre,
Nous sommes dans la position éternelle du vaincu.

Les hirondelles s'envolent, rasent lentement les flots, et montent en spirale dans la tiédeur de l'atmosphère. Elles ne parlent pas aux humains, car les humains restent accrochés à la Terre.
Les hirondelles ne sont pas libres. Elles sont conditionnées par la répétition de leurs orbes géométriques. Elles modifient légèrement l'angle d'attaque de leurs ailes pour décrire des spirales de plus en plus écartées par rapport au plan de la surface du globe. En résumé, il n'y a aucun enseignement à tirer des hirondelles.

Parfois, nous revenions ensemble en voiture. Sur la plaine immense, le soleil couchant était énorme et rouge. Soudain, un rapide vol d'hirondelles venait zébrer sa surface. Tu frissonnais, alors. Tes mains se crispaient sur le volant gainé de peau. Tant de choses pouvaient, à l'époque, nous séparer.

IV

NOUVELLE DONNE

à Michel Bulteau

Nous étions arrivés à un moment de notre vie où se faisait sentir l'impérieuse nécessité de négocier une nouvelle donne,
Ou simplement de crever.
Quand nous étions face à face avec nous-mêmes sur la banquette arrière dans le fond du garage il n'y avait plus personne,
On aimait se chercher.

Le sol légèrement huileux où nous glissions une bouteille de bière à la main,
Et ta robe de satin
Mon ange
Nous avons traversé des moments bien étranges

Où les amis disparaissaient un par un et où les plus gentils devenaient les plus durs,
S'installaient dans une espèce de fissure
Entre les longs murs blancs de la dépendance pharmaceutique
Ils devenaient des pantins ironiques,
Pathétiques.

Le lyrisme et la passion nous les avons connus mieux que personne,
beaucoup mieux que personne
Car nous avons creusé jusqu'au fond de nos organes pour essayer de les transformer de l'intérieur

Pour trouver un chemin, écarter les poumons pénétrés jusqu'au cœur
Et nous avons perdu,
Nos corps étaient si nus.

Répétition des morts et des abandons et les plus purs montaient vers leur calvaire.
Je me souviens de ton cousin le matin où il s'était teint les cheveux en vert
Avant de sauter dans le fleuve,
Sa vie était si neuve.

Nous n'aimons plus beaucoup maintenant les gens qui viennent critiquer nos rêves,
Nous nous laissons lentement investir par une ambiance de trêve
Nous ne croyons plus beaucoup maintenant aux plaisanteries sur le sens du cosmos,
Nous savons qu'il existe un espace de liberté entre la chair et l'os

Où les répétitions les plaintes
Parviennent atténuées ;
Un espace d'étreintes,
Un corps transfiguré.

Quand il fait froid,
Ou plutôt quand on a froid,
Quand un centre de froid s'installe avec un mouvement [mou
Au fond de la poitrine
Et saute lourdement entre les poumons
Comme un gros animal stupide ;

Quand les membres battent faiblement,
De plus en plus faiblement
Avant de s'immobiliser sur le canapé
De manière apparemment définitive ;

Quand les années tournent en clignotant
Dans une atmosphère enfumée
On ne se souvient plus de la rivière parfumée,
La rivière de la première enfance
Je l'appelle, conformément à une ancienne tradition : la rivière d'innocence.

Maintenant que nous vivons dans la lumière,
Maintenant que nous vivons à proximité immédiate de la lumière,
Dans des après-midi inépuisables
Maintenant que la lumière autour de nos corps est devenue palpable,

Nous pouvons dire que nous sommes parvenus à destination
Les étoiles se réunissent chaque nuit pour célébrer nos souffrances et leur transfiguration
En des figures indéfiniment mystérieuses
Et cette nuit de notre arrivée ici, entre toutes les nuits, nous demeure infiniment précieuse.

SO LONG

Il y a toujours une ville, des traces de poètes
Qui ont croisé leur destinée entre ses murs
L'eau coule un peu partout, la mémoire murmure
Des noms de villes, des noms de gens, trous dans la tête.

Et c'est toujours la même histoire qui recommence,
Horizons effondrés et salons de massage
Solitude assumée, respect du voisinage,
Il y a pourtant des gens qui existent et qui dansent.

Ce sont des gens d'une autre espèce, d'une autre race,
Nous dansons tout vivants une danse cruelle
Nous avons peu d'amis mais nous avons le ciel,
Et l'infinie sollicitude des espaces ;

Le temps, le temps très vieux qui prépare sa vengeance,
L'incertain bruissement de la vie qui s'écoule
Les sifflements du vent, les gouttes d'eau qui roulent
Et la chambre jaunie où notre mort s'avance.

LA MÉMOIRE DE LA MER

Une lumière bleue s'établit sur la ville,
Il est temps de faire vos jeux ;
La circulation tombe. Tout s'arrête. La ville est si tranquille.
Dans un brouillard de plomb, la peur au fond des yeux,
Nous marchons vers la ville,
Nous traversons la ville.

Près des voitures blindées, la troupe des mendiants,
Comme une flaque d'ombre
Glisse en se tortillant au milieu des décombres
Ton frère fait partie des mendiants
Il fait partie des errants
Je n'oublie pas ton frère,
Je n'oublie pas le jeu.

On achète du riz dans des passages couverts,
Encerclés par la haine
La nuit est incertaine,
La nuit est presque rouge
Traversant les années, au fond de moi, elle bouge,
La mémoire de la mer.

UN ÉTÉ À DEUIL-LA-BARRE

Reptation des branchages entre les fleurs solides,
Glissement des nuages et la saveur du vide :
Le bruit du temps remplit nos corps et c'est dimanche
Nous sommes en plein accord, je mets ma veste blanche

Avant de m'effondrer sur un banc de jardin
Où je m'endors, je me retrouve deux heures plus loin.

Une cloche tinte dans l'air serein
Le ciel est chaud, on sert du vin,
Le bruit du temps remplit la vie ;
C'est une fin d'après-midi.

L'aube grandit dans la douceur
Le lait tiédit, petites flammes
Vibrantes et bleues, petites sœurs
Lait gonflé comme un sein de femme

Et le bruit du percolateur
Dans le silence de la ville ;
Vers le Sud, l'écho d'un moteur
Il est cinq heures, tout est tranquille.

J'ai toujours eu l'impression que nous étions proches, comme deux fruits issus de la même branche. Le jour se lève au moment où je t'écris, le tonnerre gronde doucement ; la journée sera pluvieuse. Je t'imagine te redressant dans ton lit. Cette angoisse que tu ressens, je la ressens également.

La nuit nous abandonne,
La lumière délimite
À nouveau les personnes,
Les personnes toutes petites.

Couché sur la moquette, j'observe avec résignation la montée de la lumière. Je vois des cheveux sur la moquette ; ces cheveux ne sont pas les tiens. Un insecte solitaire escalade les tiges de laine. Ma tête s'abat, se relève ; j'ai envie de fermer vraiment les yeux. Je n'ai pas dormi depuis trois jours ; je n'ai pas travaillé depuis trois mois. Je pense à toi.

Quand la pluie tombait en rafales
Sur notre petite maison
Nous étions à l'abri du mal,
Blottis auprès de la raison.

La raison est un gros chien tendre
Et c'est l'opposé de la perte
Il n'y a plus rien à comprendre,
L'obéissance nous est offerte.

Donnez-moi la paix, le bonheur,
Libérez mon cœur de la haine
Je ne peux plus vivre dans la peur,
Donnez-moi la mesure humaine.

Il existe un pays, plutôt une frontière,
Où la lumière est douce et pratiquement solide
Les êtres humains échangent des fragments de lumière,
Mais ils n'ont pas la moindre appréhension du vide.

La parabole du désir
Remplissait nos mains de silence
Et chacun se sentait mourir,
Nos corps vibraient de ton absence.

Nous avons traversé des frontières de craie
Et le second matin le soleil devint proche
Il y avait dans le ciel quelque chose qui bougeait,
Un battement très doux faisait vibrer les roches.

Les gouttelettes de lumière
Se posaient sur nos corps meurtris
Comme la caresse infinie
D'une divinité – matière.

Les couleurs de la déraison,
Comme un fétiche inachevé
Définissent de nouvelles saisons,
L'inexistence remplit l'été.

Le soleil du Bouddha tranquille
Glissait au milieu des nuages
Nous venions de quitter la ville,
Le temps n'était plus à l'orage.

La route glissait dans l'aurore
Et les essuie-glaces vibraient,
J'aurais aimé revoir ton corps
Avant de partir à jamais.

Dehors il y a la nuit
La violence, le carnage
Viens près de moi, sans bruit,
Je distingue une image
Mouvante.

Et les contours se brouillent,
La lumière est tremblante
Mon regard se dépouille
Je suis là, dans l'attente,
Sereine.

Nous avons traversé
Des époques de haine,
Des temps controversés
Sans dimension humaine

Et le monde a pris forme,
Le monde est apparu
Dans sa présence nue,
Le monde.

LA LONGUE ROUTE DE CLIFDEN

À l'ouest de Clifden, promontoire
Là où le ciel se change en eau
Là où l'eau se change en mémoire
Tout au bord d'un monde nouveau

Le long des collines de Clifden,
Des vertes collines de Clifden,
Je viendrai déposer ma peine.

Pour accepter la mort il faut
Que la mort se change en lumière
Que la lumière se change en eau
Et que l'eau se change en mémoire.

L'Ouest de l'humanité entière
Se trouve sur la route de Clifden
Sur la longue route de Clifden
Où l'homme vient déposer sa peine
Entre les vagues et la lumière.

Montre-toi, mon ami, mon double
Mon existence est dans tes mains
Je ne suis pas vraiment humain
Je voudrais une existence trouble

Une existence comme un étang, comme une mer
Une existence avec des algues
Et des coraux, et des espoirs, et des mondes amers
Roulés par la pureté des vagues.

L'eau glissera sur mon cadavre
Comme une comète oubliée
Et je retrouverai un havre,
Un endroit sombre et protégé.

Avalanche de fausses raisons
Dans l'univers privé de sens,
Les soirées pleines de privation,
Les murailles de la décadence.

Comme un poisson de mer vidé,
J'ai donné mes organes aux bêtes
Mes intestins écartelés
Sont très loin, déjà, de ma tête.

La chair fourmille d'espérance
Comme un bifteck décomposé,
Il y aura des moments d'errance
Où plus rien ne sera imposé.

Je suis libre comme un camion
Qui traverse sans conducteur
Les territoires de la terreur,
Je suis libre comme la passion.

POÈME À MARIE-PIERRE

La clarté paraît dangereuse
Et les femmes ont rarement besoin
D'être satisfaites de leur sexe,
Évidemment.

L'avantage d'avoir des organes sexuels internes,
Je le lis avec clarté dans ton regard
Au demeurant presque innocent.
Tu attends ou tu provoques,
Mais au fond tu attends toujours
Une espèce d'hommage
Qui pourra t'être donné ou refusé,
Et ta seule possibilité en dernière analyse est d'attendre.
Pour cela, je t'admire énormément.

En même temps tu es si faible et si soumise,
Tu sais qu'une quantité excessive de sueur diminuera le
[désir
Que je suis seul à pouvoir te donner
Car tu n'en veux pas d'autre,
Et tu as besoin de ce désir.
Pour cela, aussi, je t'admire énormément.

En même temps tu as cette force terrifiante
De ceux qui ont le pouvoir de dire oui ou de dire non
Cette force t'a été donnée
Beaucoup peuvent te chercher, certains peuvent te trouver
Ton regard est la clef de différentes possibilités d'existence et de différentes structurations du monde
Tu es la clef offerte par la vie pour un certain nombre d'ailleurs
À ton contact, je deviens progressivement meilleur
Et j'admire, également, ta force.

Je suis en présence de toi
Comme devant un autre monde
Pourtant, je vais au fond de toi
Je m'arrête, j'écoute les secondes

Et il y a un autre monde.

NAISSANCE AQUATIQUE D'UN HOMME

Il y a d'abord cet acte qu'il faut bien qualifier de charnel,
Faute d'un meilleur terme
Acte où nous engageons pourtant une bonne partie de nos ressources spirituelles
Et de nos croyances
Car nous créons les conditions, non seulement pour un être, mais aussi pour le monde, d'une nouvelle naissance,
Nous en fixons l'initiation et peut-être le terme.

Il y a ensuite cette espèce d'être animal
Qu'on a bien du mal à mettre en rapport avec la femme
Telle que nous la connaissons
Je veux dire, la femme de nos jours,
Celle qui prend le métro
Et qui n'est plus capable d'amour.

Il y a ce geste de l'embrassement qui remonte si naturellement vers les lèvres et vers les mains
Devant l'objet fripé qui sort
Qui était protégé il y a quelques instants encore
Qui vient brutalement de tomber en direction de l'humain
De manière irrémédiable
Et nous pleurons, nous aussi, cette chute.

Il y a cette espèce de croyance en un monde délivré du mal
Et des cris, et de la souffrance,
Un monde où envisager l'horreur de la naissance
Comme un acte amical

Je veux dire, un monde où l'on pourrait vivre
Depuis le premier instant
Et jusqu'à la fin, jusqu'au terme naturel ;
Un tel monde n'est en aucun cas décrit dans nos livres.

Il existe, potentiel.

C'est comme une veine qui court sous la peau, et que l'aiguille cherche à atteindre,
C'est comme un incendie si beau qu'on n'a pas envie de l'éteindre,
La peau est endurcie, par endroits presque bleue, et pourtant c'est un bain de fraîcheur au moment où pénètre l'aiguille
Nous marchons dans la nuit et nos mains tremblent un peu, pourtant nos doigts se cherchent et pourtant nos yeux brillent.

C'est le matin dans la cuisine et les choses sont à leur place habituelle,
Par la fenêtre on voit les ruines et dans l'évier traîne une vague vaisselle,
Cependant tout est différent, la nouveauté de la situation est proprement incommensurable,
Hier en milieu de soirée tu le sais nous avons basculé dans le domaine de l'inéluctable.

Au moment où tes doigts tendres petits bêtes ont accroché les miens et ont commencé à les presser doucement
J'ai su qu'il importait très peu que je sois à tel moment ou à tel autre ton amant
J'ai vu quelque chose se former, qui ne pouvait être compris dans les catégories ordinaires,
Après certaines révolutions biologiques il y a vraiment de nouveaux cieux, il y a vraiment une nouvelle Terre.

Il ne s'est à peu près rien passé et pourtant il nous est impossible de nous délivrer du vertige,
Quelque chose s'est mis en mouvement, des puissances avec lesquelles il n'est pas question qu'on transige,
Comme celles de l'opium ou du Christ, les victimes de l'amour sont d'abord des victimes bienheureuses
Et la vie qui circule en nous ce matin vient d'être augmentée dans des proportions prodigieuses.

C'est pourtant la même lumière, dans le matin, qui s'installe et qui augmente,
Mais le monde perçu à deux a une signification entièrement différente
Je ne sais plus vraiment si nous sommes dans l'amour ou dans l'action révolutionnaire
Après que nous en avons parlé tous les deux, tu as acheté une biographie de Maximilien Robespierre.

Je sais que la résignation vient de partir avec la facilité d'une peau morte,
Je sais que son départ me remplit d'une joie incroyablement forte,
Je sais que vient de s'ouvrir un pan d'histoire absolument inédit
Aujourd'hui et pour un temps indéterminé nous pénétrons dans un autre monde, et je sais que dans cet autre monde tout pourra être reconstruit.

LE SENS DU COMBAT

Il y a eu des nuits où nous avions perdu jusqu'au sens
[du combat
Nous frissonnions de peur, seuls dans la plaine
[immense,
Nous avions mal aux bras
Il y a eu des nuits incertaines et très denses.

Comme un oiseau blessé tournoie dans l'atmosphère
Avant de s'écraser sur le sol du chemin
Tu titubais, disant des mots élémentaires,
Avant de t'effondrer sur le sol de poussière ;
Je te prenais la main.

Nous devions décider d'un autre angle d'attaque,
Décrocher vers le Bien
Je me souviens de nos pistolets tchécoslovaques,
Achetés pour presque rien.

Libres et conditionnés par nos douleurs anciennes
Nous traversions la plaine
Et les mottes gercées résonnaient sous nos pieds ;
Avant la guerre, ami, il y poussait du blé.

Comme une croix plantée dans un sol desséché
J'ai tenu bon, mon frère ;
Comme une croix de fer aux deux bras écartés.
Aujourd'hui, je reviens dans la maison du Père.

LA POURSUITE DU BONHEUR

I

HYPERMARCHÉ – NOVEMBRE

D'abord, j'ai trébuché dans un congélateur.
Je me suis mis à pleurer et j'avais un peu peur.
Quelqu'un a grommelé que je cassais l'ambiance ;
Pour avoir l'air normal j'ai repris mon avance.

Des banlieusards sapés et au regard brutal
Se croisaient lentement près des eaux minérales.
Une rumeur de cirque et de demi-débauche
Montait des rayonnages. Ma démarche était gauche.

Je me suis écroulé au rayon des fromages ;
Il y avait deux vieilles dames qui portaient des sardines.
La première se retourne et dit à sa voisine :
« C'est bien triste, quand même, un garçon de cet âge. »

Et puis j'ai vu des pieds circonspects et très larges ;
Il y avait un vendeur qui prenait des mesures.
Beaucoup semblaient surpris par mes nouvelles
[chaussures ;
Pour la dernière fois j'étais un peu en marge.

NON RÉCONCILIÉ

Mon père était un con solitaire et barbare ;
Ivre de déception, seul devant sa télé,
Il ruminait des plans fragiles et très bizarres,
Sa grande joie étant de les voir capoter.

Il m'a toujours traité comme un rat qu'on pourchasse ;
La simple idée d'un fils, je crois, le révulsait.
Il ne supportait pas qu'un jour je le dépasse,
Juste en restant vivant alors qu'il crèverait.

Il mourut en avril, gémissant et perplexe ;
Son regard trahissait une infinie colère.
Toutes les trois minutes il insultait ma mère,
Critiquait le printemps, ricanait sur le sexe.

À la fin, juste avant l'agonie terminale,
Un bref apaisement parcourut sa poitrine.
Il sourit en disant : « Je baigne dans mon urine »,
Et puis il s'éteignit avec un léger râle.

JIM

Tant que tu n'es pas là, je t'attends, je t'espère ;
C'est une traversée blanche et sans oxygène.
Les passants égarés sont bizarrement verts ;
Au fond de l'autobus, je sens craquer mes veines.

Un ami de toujours m'indique l'arrêt Ségur.
C'est un très bon garçon, il connaît mes problèmes ;
Je descends, je vois Jim ; il descend de voiture,
Il porte à son blouson je ne sais quel emblème.

Parfois Jim est méchant, il attend que j'aie mal.
Je saigne sans effort ; l'autoradio fredonne.
Puis Jim sort ses outils ; il n'y a plus personne,
Le boulevard est désert. Pas besoin d'hôpital.

J'ai peur de tous ces gens raisonnables et soumis
Qui voudraient me priver de mes amphétamines.
Pourquoi vouloir m'ôter mes dernières amies ?
Mon corps est fatigué et ma vie presque en ruine.

Souvent les médecins, ces pustules noircies,
Fatiguent mon cerveau de sentences uniformes ;
Je vis ou je survis très en dehors des normes ;
Je m'en fous. Et mon but n'est pas dans cette vie.

Quelquefois le matin je sursaute et je crie,
C'est rapide c'est très bref mais là j'ai vraiment mal ;
Je m'en fous et j'emmerde la protection sociale.

Le soir je relis Kant, je suis seul dans mon lit.
Je pense à ma journée, c'est très chirurgical ;
Je m'en fous. Je reviens vers le point initial.

Mon corps est comme un sac traversé de fils rouges
Il fait noir dans la chambre, mon œil luit faiblement
J'ai peur de me lever, au fond de moi je sens
Quelque chose de mou, de méchant, et qui bouge.

Cela fait des années que je hais cette viande
Qui recouvre mes os. La couche est adipeuse,
Sensible à la douleur, légèrement spongieuse ;
Un peu plus bas il y a un organe qui bande.

Je te hais, Jésus-Christ, qui m'as donné un corps
Les amitiés s'effacent, tout s'enfuit, tout va vite,
Les années glissent et passent et rien ne ressuscite,
Je n'ai pas envie de vivre et j'ai peur de la mort.

UNE VIE, PETITE

Je me suis senti vieux peu après ma naissance ;
Les autres se battaient, désiraient, soupiraient ;
Je ne sentais en moi qu'un informe regret.
Je n'ai jamais rien eu qui ressemble à l'enfance.

Au fond de certains bois, sur un tapis de mousse,
Des troncs d'arbre écœurants survivent à leurs feuilles ;
Autour d'eux se développe une atmosphère de deuil ;
Leur peau est sale et noire, des champignons y poussent.

Je n'ai jamais servi à rien ni à quiconque ;
C'est dommage. On vit mal quand on vit pour soi-même.
Le moindre mouvement constitue un problème,
On se sent malheureux et cependant quelconque.

On se meut vaguement, comme un animalcule ;
On n'est presque plus rien, et pourtant qu'est-ce qu'on
[souffre !
On transporte avec soi une espèce de gouffre
Portatif et mesquin, vaguement ridicule.

On ne croit plus vraiment que la mort soit funeste ;
Surtout pour le principe, de temps en temps, on rit ;
On essaie vainement d'accéder au mépris.
Puis on accepte tout, et la mort fait le reste.

J'aime les hôpitaux, asiles de souffrance
Où les vieux oubliés se transforment en organes
Sous les regards moqueurs et pleins d'indifférence
Des internes qui se grattent en mangeant des bananes.

Dans leurs chambres hygiéniques et cependant sordides
On distingue très bien le néant qui les guette
Surtout quand le matin ils se dressent, livides,
Et réclament en geignant leur première cigarette.

Les vieux savent pleurer avec un bruit minime,
Ils oublient les pensées et ils oublient les gestes
Ils ne rient plus beaucoup, et tout ce qui leur reste
Au bout de quelques mois, avant la phase ultime,

Ce sont quelques paroles, presque toujours les mêmes ;
Merci je n'ai pas faim mon fils viendra dimanche.
Je sens mes intestins, mon fils viendra quand même.
Et le fils n'est pas là, et leurs mains presque blanches.

Tant de cœurs ont battu, déjà, sur cette terre
Et les petits objets blottis dans leurs armoires
Racontent la sinistre et lamentable histoire
De ceux qui n'ont pas eu d'amour sur cette terre.

La petite vaisselle des vieux célibataires,
Les couverts ébréchés de la veuve de guerre
Mon dieu ! Et les mouchoirs des vieilles demoiselles
L'intérieur des armoires, que la vie est cruelle !

Les objets bien rangés et la vie toute vide
Et les courses du soir, restes d'épicerie
Télé sans regarder, repas sans appétit

Enfin la maladie, qui rend tout plus sordide,
Et le corps fatigué qui se mêle à la terre,
Le corps jamais aimé qui s'éteint sans mystère.

Ma sœur était très laide à l'âge de dix-sept ans,
Dans sa classe de troisième on l'appelait gras-double.
Un matin de novembre elle sauta dans l'étang ;
Mais on la repêcha, l'eau était jaune et trouble.

Blottie sous l'édredon comme un gros rat obèse,
Elle rêvait d'une vie sereine et peu consciente
Sans relations sociales et sans espoir de baise,
Mais tranquille et très douce et presque évanescente.

Le lendemain matin elle aperçut des formes,
Glissantes et légères sur le mur à sa droite.
Elle dit reste avec moi, il faut pas que je dorme ;
Je vois un grand Jésus, dans le lointain, il boite.

Elle dit j'ai un peu peur, mais ça ne peut pas être pire.
Crois-tu qu'il reviendra ? Je vais mettre un corsage.
Je vois des petites maisons, il y a tout un village ;
C'est si joli, là-bas. Est-ce que je vais souffrir ?

La mort est difficile pour les vieilles dames trop riches
Entourées de belles-filles qui les appellent « ma biche »,
Pressent un mouchoir de lin sur leurs yeux magnifiques,
Évaluent les tableaux et les meubles antiques.

Je préfère la mort des vieux de HLM
Qui s'imaginent encore jusqu'au bout qu'on les aime,
Attendant la venue du fils hypothétique
Qui paierait le cercueil en sapin authentique.

Les vieilles dames trop riches finissent au cimetière,
Entourées de cyprès et d'arbustes en plastique
C'est une promenade pour les sexagénaires,
Les cyprès sentent bon et chassent les moustiques.

Les vieux de HLM finissent au crématoire,
Dans un petit casier à l'étiquette blanche.
Le bâtiment est calme ; personne, même le dimanche,
Ne dérange le sommeil du très vieux gardien noir.

Où est mon corps subtil ? Je sens venir la nuit,
Piquée d'aiguilles bleues et de chocs électriques.
Des bruits venus de loin dans un espace réduit :
La ville qui ronronne, machine anecdotique.

Demain je vais sortir, je quitterai ma chambre,
Je marcherai usé sur un boulevard mort,
Les femmes du printemps et leurs corps qui se cambrent
Se renouvelleront en fastidieux décors.

Demain il y aura des salades auvergnates
Dans les cafés bondés où les cadres mastiquent ;
Aujourd'hui c'est dimanche. Splendeur de Dieu, éclate !
Je viens de m'acheter une poupée en plastique

Et je vois s'envoler des étoiles de sang,
Je vois des yeux crevés qui glissent sur les murs ;
Marie, mère de Dieu, protège mon enfant !
La nuit grimpe sur moi comme une bête impure.

À l'angle de la FNAC bouillonnait une foule
Très dense et très cruelle.
Un gros chien mastiquait le corps d'un pigeon blanc.
Plus loin, dans la ruelle,
Une vieille clocharde toute ramassée en boule
Recevait sans mot dire le crachat des enfants.

J'étais seul rue de Rennes. Les enseignes électriques
M'orientaient dans des voies vaguement érotiques.
Bonjour c'est Amandine.
Je ne ressentais rien au niveau de la pine.
Quelques loubards glissaient un regard de menace
Sur les nanas friquées et les revues salaces.
Des cadres consommaient. C'est leur fonction unique.
Et tu n'étais pas là. Je t'aime, Véronique.

1

J'étais seul au volant de ma Peugeot 104 ;
Avec la 205 j'aurais eu l'air plus frime.
Il pleuvait sans arrêt et je déteste me battre ;
Il me restait trois francs et cinquante-cinq centimes.

J'ai hésité devant l'embranchement de Colmar :
Était-il bien prudent de quitter l'autoroute ?
Sa dernière lettre disait : « J'en ai carrément marre
De toi et tes problèmes. Ta connerie me dégoûte. »

Nos relations en bref avaient connu un froid ;
La vie bien trop souvent éloigne ceux qui s'aiment.
Sans me décourager et en claquant des doigts,
J'entonnai un refrain de la « Vie de bohème ».

2

Les Allemands sont des porcs, mais ils savent faire des
[routes
Comme disait mon grand-père, esprit fin et critique.
J'étais un peu tendu ; la fatigue, sans doute,
J'accueillis avec joie le bitume germanique
Ce voyage peu à peu tournait à la déroute,
Je me sentais au bord de la crise hystérique.

J'avais assez d'essence pour atteindre Francfort ;
Là très certainement je me ferais des amis
Et entre deux saucisses nous braverions la mort,
Nous parlerions de l'homme et du sens de la vie.

Dépassant deux camions qui transportaient des viandes,
Ravi par ce projet je chantonnais des hymnes ;
Non rien n'était fini, la vie et ses offrandes
S'étendaient devant moi, incertaines et sublimes.

L'AMOUR, L'AMOUR

Dans un ciné porno, des retraités poussifs
Contemplaient, sans y croire,
Les ébats mal filmés de deux couples lascifs ;
Il n'y avait pas d'histoire.

Et voilà, me disais-je, le visage de l'amour,
L'authentique visage.
Certains sont séduisants ; ils séduisent toujours,
Et les autres surnagent.

Il n'y a pas de destin ni de fidélité,
Mais des corps qui s'attirent.
Sans nul attachement et surtout sans pitié,
On joue et on déchire.

Certains sont séduisants et partant très aimés ;
Ils connaîtront l'orgasme.
Mais tant d'autres sont las et n'ont rien à cacher,
Même plus de fantasmes ;

Juste une solitude aggravée par la joie
Impudique des femmes ;
Juste une certitude : « Cela n'est pas pour moi »,
Un obscur petit drame.

Ils mourront c'est certain un peu désabusés,
Sans illusions lyriques ;
Ils pratiqueront à fond l'art de se mépriser,
Ce sera mécanique.

Je m'adresse à tous ceux qu'on n'a jamais aimés,
Qui n'ont jamais su plaire ;
Je m'adresse aux absents du sexe libéré,
Du plaisir ordinaire.

Ne craignez rien, amis, votre perte est minime :
Nulle part l'amour n'existe.
C'est juste un jeu cruel dont vous êtes les victimes ;
Un jeu de spécialistes.

NATURE

Je ne jalouse pas ces pompeux imbéciles
Qui s'extasient devant le terrier d'un lapin
Car la nature est laide, ennuyeuse et hostile ;
Elle n'a aucun message à transmettre aux humains.

Il est doux, au volant d'une puissante Mercedes,
De traverser des lieux solitaires et grandioses ;
Manœuvrant subtilement le levier de vitesse
On domine les monts, les rivières et les choses.

Les forêts toutes proches glissent sous le soleil
Et semblent refléter d'anciennes connaissances ;
Au fond de leurs vallées on pressent des merveilles,
Au bout de quelques heures on est mis en confiance ;

On descend de voiture et les ennuis commencent.
On trébuche au milieu d'un fouillis répugnant,
D'un univers abject et dépourvu de sens
Fait de pierres et de ronces, de mouches et de serpents.

On regrette les parkings et les vapeurs d'essence,
L'éclat serein et doux des comptoirs de nickel ;
Il est trop tard. Il fait trop froid. La nuit commence.
La forêt vous étreint dans son rêve cruel.

VACANCES

Un temps mort. Un trou blanc dans la vie qui s'installe.
Des rayons de soleil pivotent sur les dalles.
Le soleil dort ; l'après-midi est invariable.
Des reflets métalliques se croisent sur le sable.

Dans un bouillonnement d'air moite et peu mobile,
On entend se croiser les femelles d'insectes.
J'ai envie de me tuer, de rentrer dans une secte ;
J'ai envie de bouger, mais ce serait inutile.

Dans cinq heures au plus tard le ciel sera tout noir ;
J'attendrai le matin en écrasant des mouches.
Les ténèbres palpitent comme de petites bouches ;
Puis le matin revient, sec et blanc, sans espoir.

La lumière a lui sur les eaux
Comme aux tout premiers jours du monde.
Notre existence est un fardeau :
Quand je pense que la Terre est ronde !

Sur la plage il y avait une famille entière,
Autour d'un barbecue ils parlaient de leur viande,
Riaient modérément et ouvraient quelques bières ;
Pour atteindre la plage, j'avais longé la lande.

Le soir descend sur les varechs,
La mer bruit comme un animal ;
Notre cœur est beaucoup trop sec,
Nous n'avons plus de goût au mal.

J'ai vraiment l'impression que ces gens se connaissent,
Car des sons modulés s'échappent de leur groupe.
J'aimerais me sentir membre de leur espèce ;
Brouillage accentué, puis le contact se coupe.

Moments de la fin de journée,
Après le soleil et la plage.
La déception s'est incarnée ;
Je ressens à nouveau mon âge.

Appel de la nuit qui restaure
Dans nos cerveaux las, l'espérance :
J'ai l'impression d'être en dehors
D'une architecture d'apparences

Et de planer dans un non-être
Qui s'interrompt tous les matins
Quand il faut à nouveau paraître
Et prendre sa part du festin.

Dire « Bonjour » aux êtres humains,
Jouer son rôle, Blitzkrieg social ;
Se sentir très mal le matin,
Et rêver de la loi morale.

Chevauchement mou des collines ;
Au loin, le ronron d'un tracteur.
On a fait du feu dans les ruines ;
La vie est peut-être une erreur.

Je survis de plus en plus mal
Au milieu de ces organismes
Qui rient et portent des sandales,
Ce sont de petits mécanismes.

Que la vie est organisée
Dans ces familles de province !
Une existence amenuisée,
Des joies racornies et très minces.

Une cuisine bien lavée ;
Ah ! cette obsession des cuisines !
Un discours creux et laminé ;
Les opinions de la voisine.

Au-delà de ces maisons blanches,
Il y a un autre univers
Quelque chose en moi se déclenche,
J'ai besoin d'un autre univers.

La présence des HLM,
L'hypertrophie du moi qui saigne
Il faudrait un monde où l'on aime,
Un océan où l'on se baigne

Pas ces embryons de piscines
Où les banlieusards se détendent ;
Dans les discothèques en ruine,
Quelques loubards s'étirent et bandent.

Quelque chose en moi se fissure,
J'ai besoin de trouver la joie
D'accepter l'homme et la nature,
Je n'y arrive pas. J'ai froid.

Il est vingt et une heures, l'obscurité s'installe
Je ne peux plus crier, je n'en ai plus la force
Il pleut légèrement, les vacances s'amorcent
J'essaie d'imaginer que tout ça m'est égal.

Pour la vingtième fois je prends mon téléphone
Je n'ai plus rien à dire mais je peux écouter,
Suivre la vie des gens et m'y intéresser,
Pour la vingtième fois je ne trouve personne.

J'ai acheté du pain et du fromage en tranches,
Ça devrait m'éviter de crever mon œil droit
Les aliments gargouillent, je crois qu'on est dimanche,
Le temps heureusement est modérément froid.

S'il y a quelqu'un qui m'aime, sur Terre ou dans les astres,
Il devrait maintenant me faire un petit signe
Je sens s'accumuler les prémisses d'un désastre,
Le rasoir dans mon bras trace un trait rectiligne.

II

Comme un plant de maïs déplanté de sa terre,
Une vieille coquille oubliée par la mer,
À côté de la vie

Je me tourne vers toi qui as osé m'aimer
Viens avec moi, partons, je voudrais retrouver
Les traces de la nuit.

UNE SENSATION DE FROID

Le matin était clair et absolument beau ;
Tu voulais préserver ton indépendance.
Je t'attendais en regardant les oiseaux :
Quoi que je fasse, il y aurait la souffrance.

Après-midi de fausse joie,
Et les corps qui se désunissent
Tu n'as plus très envie de moi,
Nos regards ne sont plus complices.

Oh ! la séparation, la mort
Dans nos regards entrecroisés
La lente désunion des corps,
Ce bel après-midi d'été.

Les petits objets nettoyés
Traduisent un état de non-être.
Dans la cuisine, le cœur broyé,
J'attends que tu veuilles reparaître.

Compagne accroupie dans le lit,
Plus mauvaise part de moi-même
Nous passons de mauvaises nuits,
Tu me fais peur. Pourtant, je t'aime.

Un samedi après-midi,
Seul dans le bruit du boulevard.
Je parle seul. Qu'est-ce que je dis ?
La vie est rare, la vie est rare.

Pourquoi ne pouvons-nous jamais
Jamais
Être aimés ?

Vivre sans point d'appui, entouré par le vide,
Comme un oiseau de proie sur une mesa blanche ;
Mais l'oiseau a ses ailes, sa proie et sa revanche ;
Je n'ai rien de tout ça. L'horizon reste fluide.

J'ai connu de ces nuits qui me rendaient au monde,
Où je me réveillais plein d'une vie nouvelle
Mes artères battaient, je sentais les secondes
S'égrener puissamment, si douces et si réelles.

C'est fini. Maintenant, je préfère le soir.
Je sens chaque matin monter la lassitude,
J'entre dans la région des grandes solitudes,
Je ne désire plus qu'une paix sans victoire.

Vivre sans point d'appui, entouré par le vide,
La nuit descend sur moi comme une couverture,
Mon désir se dissout dans ce contact obscur ;
Je traverse la nuit, attentif et lucide.

Le long fil de l'oubli se déroule et se tisse
Inéluctablement. Cris, pleurs et plaintes.
Refusant de dormir, je sens la vie qui glisse
Comme un grand bateau blanc, tranquille et hors
[d'atteinte.

LE TRAIN DE CRÉCY-LA-CHAPELLE

J'aimerais bien avoir quelques contemporains
Quand l'insomnie creuse mes nuits, parfois, très tard ;
J'aimerais tellement rencontrer des regards,
Parler avec des gens comme on parle aux humains.

Muré dans ma méfiance et ma timidité,
La nuit semble si longue à mon cerveau malade
J'aimerais bien parfois avoir des camarades,
On me dit que je perds mes meilleures années.

Ah ! ces adolescentes que je n'ai pas aimées
Quand je prenais le train de Crécy-la-Chapelle
Le samedi midi, revenant du lycée ;
Je les voyais bouger et je les trouvais belles.

Je sentais battre en moi un monde de désirs
Et le samedi soir je regardais ma gueule ;
Je n'osais pas danser, je n'osais pas partir,
Personne ne m'embrassait. Je me sentais bien seul.

Je me méprisais tant que je voulais mourir,
Ou vivre des moments forts et exceptionnels ;
Aujourd'hui je m'efforce à ne pas trop souffrir,
J'approche de la fin. Je rejoins le réel.

MONDE EXTÉRIEUR

Il y a quelque chose de mort au fond de moi,
Une vague nécrose une absence de joie
Je transporte avec moi une parcelle d'hiver,
Au milieu de Paris je vis comme au désert.

Dans la journée je sors acheter de la bière,
Dans le supermarché il y a quelques vieillards
J'évite facilement leur absence de regard
Et je n'ai guère envie de parler aux caissières.

Je n'en veux pas à ceux qui m'ont trouvé morbide,
J'ai toujours eu le don de casser les ambiances
Je n'ai à partager que de vagues souffrances
Des regrets, des échecs, une expérience du vide.

Rien n'interrompt jamais le rêve solitaire
Qui me tient lieu de vie et de destin probable,
D'après les médecins je suis le seul coupable.

C'est vrai j'ai un peu honte, et je devrais me taire ;
J'observe tristement l'écoulement des heures ;
Les saisons se succèdent dans le monde extérieur.

Je n'ai plus le courage de me voir dans la glace.
Parfois je ris un peu, je me fais des grimaces ;
Ça ne dure pas longtemps. Mes sourcils me dégoûtent.
J'en arrache une partie ; cela forme des croûtes.

Le soir j'entends rentrer la voisine d'en face ;
J'en ai le cœur serré, je me fige sur place.
Je ne l'ai jamais vue car je suis très habile,
Je deviens un pantin sardonique et docile.

La nuit tranquillement s'insinue dans la cour ;
Derrière mes carreaux je contemple la plante.
Je suis vraiment content d'avoir connu l'amour,
Je me suis démoli pour une chose vivante.

Hier au petit jour j'ai brûlé des photos ;
C'était un plaisir neuf, quoique vraiment fugace.
J'ai même envisagé d'écouter la radio ;
La musique fait mal et les discours agacent.

Je ne m'indigne plus du silence des choses,
Elles ne parlent qu'à ceux qui vivent parmi elles ;
Il y a des êtres humains, leur visage est tout rose,
On dirait des bébés. Fiction émotionnelle.

Je traverse la ville où la nuit s'abandonne
Et je compte mes chances d'atteindre le matin
L'air surchauffé s'enroule comme un drap de satin
Dans l'escalier désert, mes semelles résonnent.

Je monte retrouver le canapé classique
Où j'attends sans dormir, blotti dans les coussins,
La lueur un peu sale, imprécise du matin,
L'heure de retrouver les gestes automatiques ;

La journée fatiguée et les yeux qui font mal,
Les trois bols de café et le cœur qui palpite
Les habits enfilés dont le contact irrite
La peau mal réveillée, les titres du journal,

Les humains qui se croisent au métro Invalides
Les cuisses des secrétaires, le rire des techniciens
Les regards qu'ils se jettent comme un combat de chiens,
Les mouvements qu'ils font autour d'un centre vide.

LA FÊLURE

Dans l'immobilité, le silence impalpable,
Je suis là. Je suis seul. Si on me frappe, je bouge.
J'essaie de protéger une chose sanglante et rouge,
Le monde est un chaos précis et implacable.

Il y a des gens autour, je les sens qui respirent
Et leurs pas mécaniques se croisent sur le grillage.
J'ai pourtant ressenti la douleur et la rage ;
Tout près de moi, tout près, un aveugle soupire.

Cela fait très longtemps que je survis. C'est drôle.
Je me souviens très bien du temps de l'espérance
Et je me souviens même de ma petite enfance,
Mais je crois que j'en suis à mon tout dernier rôle.

Tu sais je l'ai compris dès la première seconde,
Il faisait un peu froid et je suais de peur
Le pont était brisé, il était dix-neuf heures
La fêlure était là, silencieuse et profonde.

APAISEMENT

Tout seul au point du jour – solitude sereine
Un manteau de brouillard descend de la rivière
La tristesse a fini par dissiper la haine,
Je ne suis déjà plus du monde de la matière.

Hier mon corps scarifié rampait sur le dallage
Et je cherchais des yeux un couteau de cuisine
Du sang devait couler, mon cœur gonflé de rage
Secouait péniblement les os de ma poitrine.

L'angoisse bourgeonnait comme un essaim de vers
Cachés sous l'épiderme, hideux et très voraces ;
Ils suintaient, se tordaient. J'ai saisi une paire
De ciseaux. Et puis j'ai regardé mon corps en face.

Tout seul au point du jour – infinie solitude
La rivière charrie des monceaux de cadavres
Je plane à la recherche de nouvelles latitudes,
Un caboteur poussif remonte vers Le Havre.

Cette envie de ne plus rien faire et surtout ne plus rien
[éprouver
Ce besoin subit de se taire et de se détacher
Au jardin du Luxembourg, si calme,
Être un vieux sénateur vieillissant sous ses palmes.

Et plus rien du tout, ni les enfants, ni leurs bateaux,
[ni surtout la musique
Ne viendrait troubler cette méditation désenchantée et
[presque ataraxique
Ni l'amour surtout, ni la crainte.
Ah ! n'avoir aucun souvenir des étreintes.

FIN DE PARCOURS POSSIBLE

À quoi bon s'agiter ? J'aurai vécu quand même
Et j'aurai observé les nuages et les gens
J'ai peu participé, j'ai tout connu quand même
Surtout l'après-midi, il y a eu des moments.

La configuration des meubles de jardin
Je l'ai très bien connue, à défaut d'innocence ;
La grande distribution et les parcours urbains,
Et l'immobile ennui des séjours de vacances.

J'aurai vécu ici, en cette fin de siècle,
Et mon parcours n'a pas toujours été pénible
(Le soleil sur la peau et les brûlures de l'être) ;
Je veux me reposer dans les herbes impassibles.

Comme elles je suis vieux et très contemporain,
Le printemps me remplit d'insectes et d'illusions
J'aurai vécu comme elles, torturé et serein,
Les dernières années d'une civilisation.

Un matin de soleil rapide,
Et je veux réussir ma mort.
Je lis dans leurs yeux un effort :
Mon Dieu, que l'homme est insipide !

On n'est jamais assez serein
Pour supporter les jours d'automne
Dieu que la vie est monotone,
Que les horizons sont lointains !

Un matin d'hiver, doucement,
Loin des habitations des hommes ;
Désir d'un rêve, absolument,
D'un souvenir que rien ne gomme.

Incapable de nostalgie
J'envie le calme des vieillards
La petite mort dans leurs regards,
Leur air en deçà de la vie.

Incapable de m'imposer
J'envie la soif des conquérants
La simplicité des enfants,
La façon qu'ils ont de pleurer.

Mon corps tendu jusqu'au délire
Attend comme un embrasement
Un devenir, un claquement ;
La nuit je m'exerce à mourir.

Précoce comédien, expert à la souffrance,
J'ai vécu une étrange et pathétique enfance.
Je jouais aux voitures, croyais à l'amitié,
Et malgré moi déjà j'excitais la pitié.

L'agonie des fleurs est brutale
Comme l'envers d'une explosion,
Le pourrissement de leurs pétales
Évoque nos dérélictions.

J'ai grandi au milieu de machines à plaisir
Qui traversaient la vie sans aimer, sans souffrir ;
Je n'ai pas renoncé à ce monde idéal
Entr'aperçu jadis. Et j'ai souvent eu mal.

L'agonie de l'homme est sordide
Comme une lente crucifixion.
On n'arrive pas à faire le vide ;
On meurt avec ses illusions.

Ce soir en marchant dans Venise
J'ai repensé à toi, ma Lise.
J'aurais bien aimé t'épouser
Dans la basilique dorée.

Les gens s'en vont, les gens se quittent
Ils veulent vivre un peu trop vite
Je me sens vieux, mon corps est lourd
Il n'y a rien d'autre que l'amour.

Ton regard, bien-aimée, me portait dans l'espace
Tes yeux étaient si tendres et je n'avais plus peur
Au milieu des courants et des cristaux de glace,
Le doux flot de la joie faisait battre mon cœur.

Au milieu du danger mon âme était sereine
L'homme déchirait l'homme, plein de hargne et de haine,
Nous vivions un moment redoutable et cruel
Et le monde attendait une parole nouvelle.

Ton regard, mon amour, me portait dans la foule
Et je n'avais plus peur d'affronter les cyniques
Quelquefois cependant j'avais la chair de poule,
Le mal se propageait comme un choc électrique.

Alors je t'appelais, je te disais : « Je t'aime »
Et tu me promettais qu'il y aurait d'autres jours
Au milieu de la mort, de l'orgueil, du blasphème
Si nous pouvions le faire, nous sauverions l'amour.

Et puis cette nuit vint, une nuit ordinaire
Le soleil se battait, glissait dans les ténèbres
Mes genoux ont plié, je suis tombé par terre
Son baiser était froid, indifférent, funèbre.

Je me suis redressé après quelques secondes
Et j'ai lu dans tes yeux que tu n'aimais personne
Tu glissais vers la vie, tu revenais au monde,
Au chaos sec et dur que la mort emprisonne.

J'ai vu de grands rochers se briser dans le ciel,
J'ai vu de longs courants se tordre et se détendre
J'ai vu le grand serpent du monde matériel
Qui étouffait en toi le dernier regard tendre.

Notre amour se brisait comme une maison s'effondre,
Jamais on ne viendrait pour relever ses murs
Jamais des cris d'enfants au milieu des décombres
N'éveilleraient les spectres et leur vague murmure.

L'aube vint. J'étais seul. Vers l'est, de grands nuages
Se tordaient souplement, annonciateurs d'orage.
Je me suis relevé après une longue attente ;
J'ai arraché des fleurs de mes deux mains tremblantes ;
Très loin, je le savais, le principe destructeur
Se réorganisait. J'ai marché dans la peur.

DERNIERS TEMPS

Il y aura des journées et des temps difficiles
Et des nuits de souffrance qui semblent insurmontables
Où l'on pleure bêtement les deux bras sur la table
Où la vie suspendue ne tient plus qu'à un fil ;
Mon amour je te sens qui marche dans la ville.

Il y aura des lettres écrites et déchirées
Des occasions perdues des amis fatigués
Des voyages inutiles des déplacements vides
Des heures sans bouger sous un soleil torride,
Il y aura la peur qui me suit sans parler

Qui s'approche de moi, qui me regarde en face
Et son sourire est beau, son pas lent et tenace
Elle a le souvenir dans ses yeux de cristal,
Elle a mon avenir dans ses mains de métal
Elle descend sur le monde comme un halo de glace.

Il y aura la mort tu le sais mon amour
Il y aura le malheur et les tout derniers jours
On n'oublie jamais rien, les mots et les visages
Flottent joyeusement jusqu'au dernier rivage
Il y aura le regret, puis un sommeil très lourd.

III

Peuple assoiffé de vie,
Connais ton créateur.
Je me retrouve dans la nuit :
Il bat, mon cœur.

Photographies de ses enfants,
Cet amour inconditionnel.
Il faut mourir, un jour, pourtant ;
Nous nous reverrons tous au ciel.

Est-il vrai qu'en un lieu au-delà de la mort
Quelqu'un nous aime et nous attend tels que nous
[sommes ?
Des vagues d'air glacé se succèdent sur mon corps ;
J'ai besoin d'une clé pour retrouver les hommes.

Est-il vrai que parfois les êtres humains s'entraident
Et qu'on peut être heureux au-delà de treize ans ?
Certaines solitudes me semblent sans remède ;
Je parle de l'amour, je n'y crois plus vraiment.

Quand la nuit se précise au centre de la ville
Je sors de mon studio, le regard implorant ;
Les boulevards charrient des coulées d'or mobile
Personne ne me regarde, je suis inexistant.

Plus tard je me blottis près de mon téléphone
Je fais des numéros, mais je raccroche à temps.
Une forme est tapie derrière l'électrophone ;
Elle sourit dans le noir, car elle a tout son temps.

LES IMMATÉRIAUX

La présence subtile, interstitielle de Dieu
A disparu.
Nous flottons maintenant dans un espace désert
Et nos corps sont à nu.

Flottant, dans la froideur d'un parking de banlieue
En face du centre commercial
Nous orientons nos torses par des mouvements souples
Vers les couples du samedi matin
Chargés d'enfants, chargés d'efforts,
Et leurs enfants se disputent en hurlant des images de
Goldorak.

Un mélange d'humains monstrueux et sans nombre
Gravitait dans les rues. Le ciel était pervers.
J'inventais sans arrêt des nuances de vert.
Devant moi trois caniches, talonnés par leur ombre.

Je veux penser à toi, Arthur Schopenhauer,
Je t'aime et je vois dans le reflet des vitres,
Le monde est sans issue et je suis un vieux pitre,
Il fait froid. Il fait très froid. Adieu la Terre.

À la fin je sais bien on rentre à la maison ;
Le terme est ironique, vous avez bien raison.
C'est vrai je connais mal tous mes colocataires,
Il y a un infirmier et quelques fonctionnaires.

Ils ont beaucoup d'amis, du moins je le suppose ;
Je m'approche des murs, j'ai creusé quelque chose.
Ils font le même bruit qu'un troupeau de gorilles ;
Je ferme un peu les yeux et je peux voir les grilles.

Le matin vers huit heures je passe devant l'église,
Dans l'autobus 23 des vieillards agonisent
Et la même journée bientôt s'immobilise ;
On peut s'interroger sur le sens des Églises.

Tu parlais sexualité, relations humaines. Parlais-tu vraiment, en fait ? Un brouhaha nous environnait ; des mots semblaient sortir de ta bouche. Le train pénétrait dans un tunnel. Avec un léger grésillement, un léger retard, les lampes du compartiment s'allumèrent. Je détestais ta jupe plissée, ton maquillage. Tu étais ennuyeuse comme la vie.

MERCREDI. MAYENCE – VALLÉE DU RHIN – COBLENCE

Évidente duplicité de la solitude. Je vois ces vieux assis autour d'une table, il y en a au moins dix. Je pourrais m'amuser à les compter, mais je suis sûr qu'il y en a au moins dix. Et pfuui ! Si je pouvais m'envoler au ciel, m'envoler au ciel tout de suite !
Ils émettent parlant tous ensemble une cacophonie de sons où l'on ne reconnaît que quelques syllabes mastiquées, comme arrachées à coups de dents.
Mon Dieu ! qu'il est donc difficile de se réconcilier avec le monde !...

J'ai compté. Il y en a douze. Comme les apôtres. Et le garçon de café serait-il censé figurer le Christ ?

Et si je m'achetais un tee-shirt « *Jésus* » ?

Il est des moments dans la vie où l'on a presque l'impression d'entendre l'ironique froufrou du temps qui se dévide,
Et la mort marque des points sur nous.
On s'ennuie un peu, et on accepte de se détourner provisoirement de l'essentiel pour consacrer quelques minutes à l'accomplissement d'une besogne ennuyeuse et sans joie mais que l'on croyait rapide,
Et puis on se retourne, et l'on s'aperçoit avec écœurement que deux heures de plus ont glissé dans le vide,

Le temps n'a pas pitié de nous.

À la fin de certaines journées on a l'impression d'avoir vécu un quart d'heure et naturellement on se met à penser à son âge,
Alors on essaie d'imaginer une ruse une sorte de coup de poker qui nous ferait gagner six mois et le meilleur moyen est encore de noircir une page,
Car sauf à certains moments historiques précis et pour certains individus dont les noms sont écrits dans nos livres,
Le meilleur moyen de gagner la partie contre le temps est encore de renoncer dans une certaine mesure à y vivre.
Le lieu où nos gestes se déroulent et s'inscrivent harmonieusement dans l'espace et suscitent leur propre chronologie,
Le lieu où tous nos êtres dispersés marchent de front et où tout décalage est aboli,
Le lieu magique de l'absolu et de la transcendance
Où la parole est chant, où la démarche est danse
N'existe pas sur Terre,

Mais nous marchons vers lui.

LE CORPS DE L'IDENTITÉ ABSOLUE

La maison du Seigneur est semblable à une taupinière ;
Il y a de nombreuses ouvertures,
Des galeries où le corps a de la peine à se glisser ;
Pourtant, le centre est désespérément vide.

La Jérusalem céleste est présente ici-bas,
Dans les yeux de certaines femmes ;
Il y a un temps d'établissement de l'accord, comme une synchronisation des récepteurs,
Puis les regards se plongent et se réfléchissent dans quelque chose d'infiniment salvateur
Qui est l'Autre et l'Unique,
L'espace et le point fixe.
Niant le temps, d'un même pas, nous pénétrons dans le royaume de l'identique.

Au centre du temple du Seigneur il y a une pièce aux murs blanchis, au plafond bas ;
Cette pièce comporte en son centre un autel.
Ceux qui parviennent ici sont d'abord surpris par l'ambiance de vide et de calme qui émane de ces lieux ;
Pourquoi la surface de l'autel est-elle vide ? Est-ce ainsi que doit se manifester Dieu ?
Ce n'est qu'au bout de plusieurs jours, de plusieurs nuits de méditation et de veille
Qu'au centre de l'espace se révèle et prend forme quelque chose qui ressemble à un soleil,

Quelque chose autour de quoi l'espace se lie et se constitue en même temps par ce lien,
Un point central autour duquel le monde se forme et se définit dans un formidable entrelacement topologique,
Un point dont la contemplation prolongée conduit l'âme à un saut vers l'absolument identique.

Le nom de ce point n'existe dans aucune langue ; mais de lui émanent la joie, la lumière et le bien.

Le monde apparaît, plus que jamais, homogène et stable. Le soleil de neuf heures coule lentement dans la rue en pente douce ; les immeubles anciens et modernes se côtoient sans animosité marquée. Parcelle de l'humanité, je suis assis sur un banc. Le jardin a été rénové récemment ; on a installé une fontaine. Je ressens, sur ce banc, ma présence humaine ; ma présence humaine en face de la fontaine.

Il s'agit d'une fontaine moderne ; l'eau s'écoule entre des hémisphères gris ; elle tombe, avec lenteur, d'un hémisphère à l'autre. Entre des sphères, elle ne pourrait que glisser ; mais le choix de l'architecte s'avère plus fin : l'eau remplit progressivement les hémisphères supérieurs ; ceux-ci remplis, ils dégouttent doucement vers les hémisphères inférieurs ; au bout d'un temps qui me paraît variable, tout se vide d'un seul coup. Puis l'eau coule à nouveau, et le processus reprend.
Avons-nous affaire à une métaphore de la vie ? J'en doute. Plus probablement l'architecte a-t-il voulu mettre en scène sa vision du mouvement perpétuel. Comme beaucoup d'autres.

VENDREDI 11 MARS. 18 H 15. SAORGE

Allongé à l'hôtel ; après la tension de la marche, les muscles se reposent ; ils sont envahis d'une chaleur vive, mais plaisante.
Occidental, sentimental, primaire, je n'arrive pas vraiment à sympathiser avec le bouddhisme (avec ce qu'implique le bouddhisme : cette patiente étude du corps, dirigée par l'intellect ; cette étude presque scientifique du corps, de ses réactions, de l'utilisation de ses réactions dans une démarche mystique et pratique).
En d'autres termes je reste un romantique, émerveillé par l'idée d'envol (de pur envol, spirituel, détaché du corps). J'estime la chasteté, la sainteté, l'innocence ; je crois au don des larmes et à la prière du cœur. Le bouddhisme est plus intelligent, il est plus efficace ; il n'empêche que je ne parviens pas à y adhérer.

Je suis allongé sur le lit, mes muscles se reposent ; et je me sens prêt, comme du temps de ma jeunesse, à d'infinies effusions sensibles.

CONFRONTATION

Et si nous avons besoin de tant d'amour, à qui la faute ?
Si nous ne pouvons radicalement pas nous adapter
À cet univers de transactions généralisées
Que voudraient tant voir adopter
Les psychologues, et tous les autres ?

Et si nous avons besoin de tant de rêves, à qui la faute ?
Si une fraction non encore déterminée de notre psyché
Ne peut définitivement pas se contenter
D'une harmonieuse gestion de nos pulsions répertoriées
Quatre ou cinq, au maximum ?

Et si nous avons besoin de croire à quelque chose
Qui nous dépasse, nous tire en avant, et dans lequel en
[même temps on se repose,
Si nous avons besoin d'un bonheur absolument pas
[quantifiable,
D'une force intérieure qui germe en nous et se joue des impondérables,
Qui se développe en nous et donne à notre existence
[une valeur, une utilité et un sens inaliénables,

Si nous avons besoin aussi et en même temps de nous
[sentir coupables,
De nous sentir humiliés et malheureux de ne pas être
[plus que nous sommes
Si vraiment nous avons besoin de tout cela pour nous
[sentir des hommes,
Qu'allons-nous faire ?

Il est temps de lâcher prise.

Je suis comme un enfant qui n'a plus droit aux larmes,
Conduis-moi au pays où vivent les braves gens
Conduis-moi dans la nuit, entoure-moi d'un charme,
Je voudrais rencontrer des êtres différents.

Je porte au fond de moi une ancienne espérance
Comme ces vieillards noirs, princes dans leur pays,
Qui balaient le métro avec indifférence ;
Comme moi ils sont seuls, comme moi ils sourient.

Il est vrai que ce monde où nous respirons mal
N'inspire plus en nous qu'un dégoût manifeste,
Une envie de s'enfuir sans demander son reste,
Et nous ne lisons plus les titres du journal.

Nous voulons retourner dans l'ancienne demeure
Où nos pères ont vécu sous l'aile d'un archange,
Nous voulons retrouver cette morale étrange
Qui sanctifiait la vie jusqu'à la dernière heure.

Nous voulons quelque chose comme une fidélité,
Comme un enlacement de douces dépendances,
Quelque chose qui dépasse et contienne l'existence
Nous ne pouvons plus vivre loin de l'éternité.

APRÈS-MIDI BOULEVARD PASTEUR

Je revois les yeux bleus des touristes allemands
Qui parlaient société devant un formidable.
Leurs « Ach so » réfléchis, un peu nerveux pourtant,
Se croisaient dans l'air vif ; ils étaient plusieurs tables.

Sur ma gauche causaient quelques amis chimistes :
Nouvelles perspectives en synthèse organique !
La chimie rend heureux, la poésie rend triste,
Il faudrait arriver à une science unique.

Structure moléculaire, philosophie du moi
Et l'absurde destin des derniers architectes ;
La société pourrit, se décompose en sectes :
Chantons l'alléluia pour le retour du roi !

Boule de sang, boule de haine,
Pourquoi tous ces gens réunis ?
C'est la société humaine ;
La nuit retombe sur Paris.

Pendant que dans l'azur fictif
Se croisent les euromissiles,
Un vieux savant à l'œil plaintif
Examine quelques fossiles.

Dinosaures, gentils dinosaures,
Que voyaient vos grands yeux stupides ?
Se battait-on déjà à mort
Dans vos marécages torpides ?

Y a-t-il eu un âge d'or,
Une bonne loi naturelle ?
Répondez, gentils dinosaures :
Pourquoi la vie est si cruelle ?

Aux confins du désert mojave
Vit un cactus bimillénaire.
Il a poussé sur de la lave,
Serein comme un dieu tutélaire.

À l'équinoxe de printemps,
Au temps où la Terre bascule,
Les Indiens s'agenouillent devant
Toute la nuit. Et la nuit brûle

De leurs incantations vibrantes
Comme la langue d'un serpent.
De leurs voix hachées et stridentes,
Ils essaient de dompter le Temps

De le forcer à se plier,
À refermer enfin sa courbe.
Un jour viendra, disent les sorciers,
Où le Temps, tortueux et fourbe,

Finira par être piégé
Dans cette architecture de plaintes
Et nous serons légers, légers...
L'Éternité sera atteinte.

IV

VARIATION 49 : LE DERNIER VOYAGE

Un triangle d'acier sectionne le paysage ;
L'avion s'immobilise au-dessus des nuages.
Altitude 8 000. Les voyageurs descendent :
Ils dominent du regard la Cordillère des Andes

Et dans l'air raréfié l'ombilic d'un orage
Se développe et se tord ;
Il monte des vallées comme un obscur présage,
Comme un souffle de mort.

Nos regards s'entrecroisent, interrogeant en vain
L'épaisseur de l'espace
Dont la blancheur fatale enveloppe nos mains
Comme un halo de glace.

Santiago du Chili, le 11 décembre.

Vers la fin d'une nuit, au moment idéal
Où s'élargit sans bruit le bleu du ciel central
Je traverserai seul, comme à l'insu de tous,
La familiarité inépuisable et douce
Des aurores boréales.

Puis mes pas glisseront dans un chemin secret,
À première vue banale
Qui depuis des années serpente en fins dédales,
Que je reconnaîtrai.

Ce sera un matin apaisé et discret.
Je marcherai longtemps, sans joie et sans regret,
La lumière très douce des aubes hivernales
Enveloppant mes pas d'un sourire amical.
Ce sera un matin lumineux et secret.

L'entourage se refuse au moindre commentaire ;
Monsieur est parti en voyage.
Dans quelques jours sûrement il y aura la guerre
Vers l'Est le conflit se propage.

La texture fine et délicate des nuages
Disparaît derrière les arbres ;
Et soudain c'est le flou qui précède un orage :
Le ciel est beau, hermétique comme un marbre.

VOCATION RELIGIEUSE

Je suis dans un tunnel fait de roches compactes ;
Sur ma gauche à deux pas un homme sans paupières
M'enveloppe des yeux. Il se dit libre et fier ;
Très loin, plus loin que tout, gronde une cataracte.

C'est le déclin des monts et la dernière halte ;
L'autre homme a disparu. Je continuerai seul.
Les parois du tunnel me semblent de basalte ;
Il fait froid. Je repense au pays des glaïeuls.

Le lendemain matin l'air avait goût de sel ;
Alors je ressentis une double présence.
Sur le sol gris serpente un trait profond et dense,
Comme l'arc aboli d'un ancien rituel.

Doucement, nous glissions vers un palais fictif
Environné de larmes.
L'azur se soulevait comme un ballon captif ;
Les hommes étaient en armes.

PASSAGE

1

Des nuages de pluie tournoient dans l'air mobile,
Le monde est vert et gris. C'est le règne du vent.
Et tout sens se dissout hormis le sens tactile...
Le reflet des tilleuls frissonne sur l'étang.

Pour rejoindre à pas lents une mort maritime,
Nous avons traversé des déserts chauds et blancs
Et nous avons frôlé de dangereux abîmes...
De félines figures souriaient en dedans.

Et les volontés nues refusaient de mourir.
Venus de Birmanie, deux de nos compagnons,
Les traits décomposés par un affreux sourire,
Glissaient dans l'interorbe du Signe du Scorpion.

Par les chemins austères des monts du Capricorne,
Leurs deux corps statufiés dansaient dans nos cervelles ;
Les sombres entrelacs du pays de Fangorn
Engloutirent soudain l'image obsessionnelle.

Et quelques-uns parvinrent à l'ultime archipel...

2

C'est un plan incliné environné de brume ;
Les rayons du soleil y sont toujours obliques.
Tout paraît recouvert d'asphalte et de bitume,
Mais rien n'obéit plus aux lois mathématiques.

C'est la pointe avancée de l'être individuel ;
Quelques-uns ont franchi la Porte des Nuages.
Déjà transfigurés par un chemin cruel,
Ils souriaient, très calmes, au moment du passage.

Et les courants astraux irradient l'humble argile
Issue, sombre alchimie, du bloc dur du vouloir
Qui se mêle et s'unit comme un courant docile
Au mystère diffus du Grand Océan Noir.

Un brouillard fin et doux cristallise en silence
Au fond de l'univers ;
Et mille devenirs se dénouent et s'avancent,
Les vagues de la mer.

AU BOUT DU BLANC

1

Au bout, il y aura un matin de neige
Dans une gare de province
Le cadavre d'un petit chien beige,
Des possibilités très minces.

Au bout du blanc, il y a la mort
Il y a l'évanescence des corps
Dans le matin gelé, captif,
J'achève mon parcours émotif.

J'achève ma vie, je me couche,
Le sol ressemble à une bouche
Dont les lèvres de terre noircie
Sont prêtes à recueillir ma vie.

2

Le matin revient, le sol fume
Et je suis mort pour pas grand-chose
Le soleil déchire la brume,
Le ciel est légèrement rose.

Une germination bestiale
Reformera des animaux
Et tout revivra à nouveau,
Y compris le bien et le mal,

Dans le silence des animaux ;
Le silence des bêtes est brutal.

Les bêtes se capturent et se touchent,
Les bêtes se déchirent et se mordent
Parfois elles se rassemblent en hordes
Les bêtes ont des mains, une bouche
Ouverte sur un trou de sang
Elles ont des griffes, elles ont des dents
Dans leurs artères le sang palpite
Le sang s'affole, circule très vite.

Par ailleurs, les falaises s'effritent.

VARIATION 32

Deux hommes nus couchés sur le bord du rivage,
Et la vie a tracé de singulières phrases
Sur leur peau. Ils sont là, innocents et très sages,
Survivants harassés que la marée arase.

Deux grands requins tout blancs jouent autour de l'épave
Le soleil innocent fait briller les yeux morts
D'un éclat sardonique.
Tout cela n'est pas grave,
Mais quel affreux décor...
Tournent les goélands de leur vol concentrique !

Saint-Christophe-du-Ligneron, le 17 juillet.

Une gare dans les Yvelines
Que n'avait pas atteint la guerre
Au bout du quai, un chien urine
Le chef de train est en prières.

Les tôles d'un wagon-couchettes
Rouillaient parmi les herbes maigres
Un aveugle vendait des chaussettes,
Il appartenait à la pègre.

L'espoir a déserté la ville
Le lendemain de l'explosion,
Nous avons été trop subtils
(Une question de génération).

Le soleil se noie, flaque verte,
Sur l'horizon couperosé
Je ne crois plus aux cotes d'alerte.
L'avenir s'est ankylosé.

Quand disparaît le sens des choses
Au milieu de l'après-midi,
Dans la douceur d'un samedi,
Quand on est cloué par l'arthrose.

La disparition des traverses
Au milieu de la voie ferrée
Se produit juste avant l'averse,
Les souvenirs sont déterrés.

Je pense à mon signal d'appel
Oublié au bord de l'étang,
Je me souviens du monde réel
Où j'ai vécu, il y a longtemps.

SÉJOUR-CLUB 2

Le soleil tournait sur les eaux
Entre les bords de la piscine.
Lundi matin, désirs nouveaux ;
Dans l'air flotte une odeur d'urine.

Tout à côté du club enfants,
Une peluche décapitée
Un vieux Tunisien dépité
Qui blasphème en montrant les dents.

J'étais inscrit pour deux semaines
Dans un parcours relationnel,
Les nuits étaient un long tunnel
Dont je sortais couvert de haine.

Lundi matin, la vie s'installe ;
Les cendriers indifférents
Délimitent mes déplacements
Au milieu des zones conviviales.

Dans l'abrutissement qui me tient lieu de grâce
Je vois se dérouler des pelouses immobiles,
Des bâtiments bleutés et des plaisirs stériles
Je suis le chien blessé, le technicien de surface

Et je suis la bouée qui soutient l'enfant mort,
Les chaussures délacées craquelées de soleil
Je suis l'étoile obscure, le moment du réveil
Je suis l'instant présent, je suis le vent du Nord.

Tout a lieu, tout est là, et tout est phénomène
Aucun événement ne semble justifié,
Il faudrait parvenir à un cœur clarifié ;
Un rideau blanc retombe et recouvre la scène.

LA ROUTE

Le ciel s'écartelait, déchiré de pylônes,
Et quelques réverbères se penchaient sur la route
Je regardais les femmes et je les voulais toutes,
Leurs lèvres écartées formaient des polygones.

Je n'atteindrai jamais à la pleine patience
De celui qui se sait aimé dans l'éternel
Mon parcours sera bref, erratique et cruel,
Aussi loin du plaisir que de l'indifférence.

Les plantes de la nuit grimpaient sur la verrière
Et les femmes glissaient près du bar tropical ;
Dans le tunnel des nuits l'espérance est brutale,
Et le sexe des femmes inondé de lumière.

VÉRONIQUE

La maison était rose avec des volets bleus
Je voyais dans la nuit les traits de ton visage
L'aurore s'approchait, j'étais un peu nerveux,
La lune se glissait dans un lac de nuages

Et tes mains dessinaient un espace invisible
Où je pouvais bouger et déployer mon corps
Et je marchais vers toi, proche et inaccessible,
Comme un agonisant qui rampe vers la mort.

Soudain tout a changé dans une explosion blanche,
Le soleil s'est levé sur un nouveau royaume ;
Il faisait presque chaud et nous étions dimanche,
Dans l'air ambiant montaient les harmonies d'un psaume.

Je lisais une étrange affection dans tes yeux
Et j'étais très heureux dans ma petite niche ;
C'était un rêve tendre et vraiment lumineux,
Tu étais ma maîtresse et j'étais ton caniche.

L'ÉTÉ DERNIER

Vers le Soleil se tend l'effort du végétal ;
Le combat se poursuit et la chaleur augmente ;
La réverbération devient éblouissante ;
Des couches empilées d'air, d'une torpeur égale,
Remuent sournoisement.

J'étais, je vous le jure, dans mon état normal ;
Les fleurs trouaient mes yeux de leur éclat brutal
C'était un accident.

Je revois maintenant les circonstances exactes.
Nous étions arrêtés près d'une cataracte.
La souple peau des prés s'ouvrit, gueule béante ;
La réverbération devint éblouissante ;
Il y avait çà et là des fleurs de digitale ;
Ma sœur et moi marchions sur un tapis nuptial.

LA FILLE

La fille aux cheveux noirs et aux lèvres très minces
Que nous connaissons tous sans l'avoir rencontrée
Ailleurs que dans nos rêves. D'un doigt sec elle pince
Les boyaux palpitants de nos ventres crevés.

LE JARDIN AUX FOUGÈRES

Nous avions traversé le jardin aux fougères,
L'existence soudain nous apparut légère
Sur la route déserte nous marchions au hasard
Et, la grille franchie, le soleil devint rare.

De silencieux serpents glissaient dans l'herbe épaisse,
Ton regard trahissait une douce détresse
Nous étions au milieu d'un chaos végétal,
Les fleurs autour de nous exhibaient leurs pétales.

Animaux sans patience, nous errons dans l'Éden,
Hantés par la souffrance et conscients de nos peines
L'idée de la fusion persiste dans nos corps
Nous sommes, nous existons, nous voulons être encore,

Nous n'avons rien à perdre. L'abjecte vie des plantes
Nous ramène à la mort, sournoise, envahissante.
Au milieu d'un jardin nos corps se décomposent,
Nos corps décomposés se couvriront de roses.

Traces de la nuit.
Une étoile brille, seule,
Préparée pour de lointaines eucharisties.

Des destins se rassemblent, perplexes,
Immobiles.

Nous marchons je le sais vers des matins étranges.

LES ALGÉBRISTES

Ils flottaient dans la nuit près d'un astre innocent,
Observant la naissance du monde,
Le développement des plantes
Et le foisonnement impur des bactéries ;
Ils venaient de très loin, ils avaient tout leur temps.

Ils n'avaient pas vraiment
D'idée sur l'avenir,
Ils voyaient le tourment
Le manque et le désir
S'installer sur la Terre
Au milieu des vivants,
Ils connaissaient la guerre,
Ils chevauchaient le vent.

Ils se sont rassemblés tout au bord de l'étang ;
Le brouillard se levait et ranimait le ciel.
Souvenez-vous, amis, des formes essentielles ;
Souvenez-vous de l'homme. Souvenez-vous longtemps.

LA DISPARITION

Nous marchons dans la ville, nous croisons des regards
Et ceci définit notre présence humaine ;
Dans le calme absolu de la fin de semaine,
Nous marchons lentement aux abords de la gare.

Nos vêtements trop larges abritent des chairs grises
À peu près immobiles dans la fin de journée ;
Notre âme minuscule, à demi condamnée,
S'agite entre les plis, et puis s'immobilise.

Nous avons existé, telle est notre légende ;
Certains de nos désirs ont construit cette ville
Nous avons combattu des puissances hostiles,
Puis nos bras amaigris ont lâché les commandes

Et nous avons flotté loin de tous les possibles ;
La vie s'est refroidie, la vie nous a laissés
Nous contemplons nos corps à demi effacés,
Dans le silence émergent quelques *data* sensibles.

LES VISITEURS

Maintenant ils sont là, réunis à mi-pente ;
Leurs doigts vibrent et s'effleurent dans une douce ellipse

Un peu partout grandit une atmosphère d'attente ;
Ils sont venus de loin, c'est le jour de l'éclipse.

Ils sont venus de loin et n'ont presque plus peur ;
La forêt était froide et pratiquement déserte.
Ils se sont reconnus aux signes de couleur ;
Presque tous sont blessés, leur regard est inerte.

Il règne sur ces monts un calme de sanctuaire ;
L'azur s'immobilise et tout se met en place.
Le premier s'agenouille, son regard est sévère ;
Ils sont venus de loin pour juger notre race.

Les champs de betteraves surmontés de pylônes
Luisaient. Nous nous sentions étrangers à nous-mêmes,
Sereins. La pluie tombait sans bruit, comme une aumône ;
Nos souffles retenus formaient d'obscurs emblèmes
Dans le ciel du matin.

Un devenir douteux battait dans nos poitrines,
Comme une annonciation.
La civilisation n'était plus qu'une ruine ;
Cela, nous le savions.

Nous avions pris la voie rapide
Sur le talus, de grands lézards
Glissaient leur absence de regard
Sur nos cadavres translucides.

Le réseau des nerfs sensitifs
Survit à la mort corporelle
Je crois à la Bonne Nouvelle,
Au destin approximatif.

La conscience exacte de soi
Disparaît dans la solitude.
Elle vient vers nous, l'infinitude...
Nous serons dieux, nous serons rois.

Nous attendions, sereins, seuls sur la piste blanche ;
Un Malien emballait ses modestes affaires
Il cherchait un destin très loin de son désert
Et moi je n'avais plus de désir de revanche.

L'indifférence des nuages
Nous ramène à nos solitudes ;
Et soudain nous n'avons plus d'âge,
Nous prenons de l'altitude.

Lorsque disparaîtront les illusions tactiles
Nous serons seuls, ami, et réduits à nous-mêmes.
Lors de la transition de nos corps vers l'extrême,
Nous vivrons des moments d'épouvante immobile.

La platitude de la mer
Dissipe le désir de vivre.
Loin du soleil, loin des mystères,
Je m'efforcerai de te suivre.

RENAISSANCE

I

Vu d'un compartiment de train, la campagne.
Une purée de vert. Une soupe de vert.
Avec tous ces détails si foncièrement inutiles (arbres, etc.) qui surnagent, justement comme des grumeaux dans la soupe.
Tout cela donne envie de vomir.

Qu'il est loin, l'émerveillement des années d'enfance ! l'émerveillement de découvrir le paysage filant par la fenêtre...

Une vache qui en saute une autre... Décidément, ces créatures ne doutent de rien !

Ridicule de la voisine d'en face.
La ligne de ses cils forme un oblique chinois, et sa bouche une ligne semblable, rétractée vers le bas, méchamment.
Je suis sûr qu'elle m'arracherait les yeux avec plaisir.

Cesser de la regarder. Peut-être est-elle dangereuse ?...

LES LAMPES

Les lampes disposées en rampe centrale au plafond de la rame de TGV ressemblaient aux pas d'un animal géométrique – un animal créé pour éclairer l'homme. Les pattes de l'animal étaient des rectangles aux coins légèrement arrondis ; elles s'espaçaient avec régularité, comme des traces. De temps à autre une forme ronde s'intercalait entre les traces de pas – comme si l'animal, telle une mouche géante, avait irrégulièrement apposé sa trompe sur le plafond.

De tout cela émanait, il faut bien le dire, une vie assez inquiétante.

Station Boucicaut. Une lumière liquide coulait sur les voûtes de carrelage blanc ; et cette lumière semblait – paradoxe atroce – couler vers le haut.

À peine installé dans la rame, je me sentis obligé d'examiner le tapis de sol – un tapis de caoutchouc gris, parsemé de nombreuses rondelles. Ces rondelles étaient légèrement en relief ; tout à coup, j'eus l'impression qu'elles respiraient. Je fis un nouvel effort pour me raisonner.

Les informations se mélangent comme des aiguilles
Versées dans ma cervelle
Par la main aveugle du commentateur ;
J'ai peur.
Depuis huit heures, les déclarations cruelles
Se succèdent dans mon récepteur ;
Très haut, le soleil brille.

Le ciel est légèrement vert,
Comme un éclairage de piscine ;
Le café est amer,
Partout on assassine ;
Le ciel n'éclaire plus que des ruines.

Je tournais en rond dans ma chambre,
Des cadavres se battaient dans ma mémoire ;
Il n'y avait plus vraiment d'espoir ;
En bas, quelques femmes s'insultaient
Tout près du Monoprix fermé depuis décembre.

Ce jour-là, il faisait grand calme ;
Les bandes s'étaient repliées dans les faubourgs.
J'ai senti l'odeur du napalm,
Le monde est devenu très lourd.
Les informations se sont arrêtées vers six heures ;
J'ai senti s'accélérer les mouvements de mon cœur ;
Le monde est devenu solide,
Silencieux, les rues étaient vides
Et j'ai senti venir la mort.

Ce jour-là, il a plu très fort.

Je m'éveille, et le monde retombe sur moi comme un bloc ;
Le monde confus, homogène.
Le soleil traverse l'escalier, j'entame un soliloque,
Un dialogue de haine.

Vraiment, se disait Michel, la vie devrait être différente,
La vie devrait être un peu plus vivante ;
On ne devrait pas voir ces choses ;
Ni les voir, ni les vivre.

Maintenant le soleil traverse les nuées,
Sa lumière est brutale ;
Sa lumière est puissante sur nos vies écrasées ;
Il est presque midi et la terreur s'installe.

Les dents qui se défont
Dans la mâchoire maigre,
La soirée tourne à l'aigre
Et je touche le fond.

L'anesthésie revient et dure quelques secondes,
Au milieu de la foule le temps semble figé
Et l'on n'a plus envie de refaire le monde,
Au milieu de la foule et des parcours piégés.

La vie les tentatives,
L'échec qui se confirme
Je regarde les infirmes,
Puis il y a la dérive.

Nous avons souhaité une vie prodigieuse
Où les corps se penchaient comme des fleurs écloses,
Nous avons tout raté : fin de partie morose ;
Je ramasse les débris d'une main trop nerveuse.

Le train qui s'arrêtait au milieu des nuages
Aurait pu nous conduire à un destin meilleur
Nous avons eu le tort de trop croire au bonheur
Je ne veux pas mourir, la mort est un mirage.

Le froid descend sur nos artères
Comme une main sur l'espérance
Le temps n'est plus à l'innocence,
J'entends agoniser mon frère.

Les êtres humains luttaient pour des morceaux de temps,
J'entendais crépiter les armes automatiques,
Je pouvais comparer les origines ethniques
Des cadavres empilés dans le compartiment.

La cruauté monte des corps
Comme une ivresse inassouvie ;
L'histoire apportera l'oubli,
Nous vivrons la seconde mort.

Les hommages à l'humanité
Se multiplient sur la pelouse
Ils étaient au nombre de douze,
Leur vie était très limitée.

Ils fabriquaient des vêtements
Des objets, des petites choses,
Leur vie était plutôt morose
Ils fabriquaient des revêtements,

Des abris pour leur descendance,
Ils n'avaient que cent ans à vivre
Mais ils savaient écrire des livres
Et ils nourrissaient des croyances.

Ils alimentaient la douleur
Et ils modifiaient la nature
Leur univers était si dur
Ils avaient eu si faim, si peur.

Les matins à Paris, les pics de pollution
Et la guerre en Bosnie qui risque de reprendre
Mais tu trouves un taxi, c'est une satisfaction
Au milieu de la nuit un souffle d'air plus tendre

Te conduit vers le jour,
Le mois d'août se prolonge
Et tu diras bonjour
Dans ton bain, à l'éponge.

Tu as bien fait de prendre
Tes vacances en septembre
Si je n'avais pas d'enfants moi je ferais pareil,
On a parfois autant de journées de soleil.

Le samedi soir est terminé,
Il va falloir éliminer
La nuit tombe sur la résidence,
Il est plus tard que tu ne penses
Les lumières du bar tropical
S'éteignent. On va fermer la salle.

Tu déjeuneras seul
D'un panini saumon
Dans la rue de Choiseul
Et tu trouveras ça bon.

Je vis dans des parois de verre,
Dans un bureau paysager
Et le soir je me roule par terre,
Mon chien commence à être âgé
Et ma voisine donne des soirées,
Ma voisine fait trop de manières.

Je me sens parfois solitaire,
Je ne donne jamais de soirée
J'entends ma voisine s'affairer,
Parfois ma voisine exagère.

Je ne renonce pas à plaire,
Je commence à m'interroger :
Est-ce que je suis vraiment âgé ?
Est-ce que je suis vraiment sincère ?

La nouvelle année nous engage
À détruire quelques relations
Et à démolir quelques cages,
À désassembler des fictions.

Reportant sur son agenda
Tous ces gens qu'on ne verra plus
On se sent un peu bête, parfois ;
Il faut qu'on meure ou bien qu'on tue.

L'ancienne année grille mes doigts
Comme une allumette oubliée
Puis le jour se lève, il fait froid ;
Je commence à me replier.

L'année de la parole divine
Est encore à réinventer ;
Sur mon matelas, je rumine
Des réalités disjonctées.

Les marronniers du Luxembourg
Attrapent un soleil manifeste.
J'ai envie de faire l'amour ;
Ordinairement, je me déteste.

Pourquoi tout cet or répandu
Dans les rayons du ciel d'octobre ?
Il faudrait croire qu'on a vécu
Qu'on disparaît, concis et sobre,

Et sans regret. Que de mensonges…
Pourquoi faire croire qu'on est heureux ?
Je me remplis comme une éponge
D'un cafard fin et nauséeux.

« Les chantiers de l'aménagement » :
Article de fond, journal *Le Monde*
Et je sens au fil des secondes
Les bactéries creuser mes dents.

Les fleurs s'élèvent hors de la terre
Dans leur naïve génération.
Le soleil glisse, effet de serre :
Triomphe de la végétation.

Un cycliste changeait ses lunettes
Avant de visiter la ville ;
La ville est propre, les rues sont nettes
Et le cycliste a l'air tranquille.

Stein am Rhein, le 22 mai.

On pénètre dans la salle de bains,
Et c'est la vie qui recommence
On n'en voulait plus, du matin,
Seul dans la nuit d'indifférence.

Il faut tout reprendre à zéro
Muni d'une donne amoindrie,
Il faut rejouer les numéros
Au bord des poubelles attendries.

Dans le matin qui se transforme
En un lac de néant candide
On reconnaît la vie, les formes,
Semi-transitions vers le vide.

Un désespoir standardisé,
Et la poussière qui se propage
Tout au long des Champs-Élysées,
Il va falloir tourner la page.

Achetant des revues de bite
Au kiosque avenue de Wagram,
Je me sens piégé par un rite
Comme un aveugle qui réclame

Et cogne sa canne sur le sol,
S'approchant de la voie ferrée
Comme une fleur à l'entresol,
Comme un rameur désemparé.

La circulation s'assouplit
Et la nuit découvre ses veines,
Les trottoirs sont couverts de pluie
Dans le déclin de la semaine.

Le calme des objets, à vrai dire, est étrange,
Un peu inamical ;
Le temps nous déchiquette et rien ne les dérange,
Rien ne les désinstalle.

Ils sont les seuls témoins de nos vraies déchéances,
De nos passages à vide ;
Ils ont pris la couleur de nos vieilles souffrances,
De nos âmes insipides.

Sans rachat, sans pardon, et trop semblables aux choses,
Nous gravitons, inertes ;
Rien ne peut apaiser cette fièvre morose,
Ce sentiment de perte.

Construits par nos objets, faits à leur ressemblance,
Nous existons par eux.
Au fond de nous, pourtant, gît la ressouvenance
D'avoir été des dieux.

L'intérieur des poumons
Remonte à la surface ;
Traitement aux rayons :
La douleur se déplace.

Un hurlement de peur
Dans la nuit traversée :
Je sens battre mon cœur
À grands coups oppressés.

Les nuits passent sur moi comme un grand laminoir
Et je connais l'usure des matins sans espoir
Le corps qui se fatigue, les amis qui s'écartent,
Et la vie qui reprend une à une ses cartes.

Je tomberai un jour, et de ma propre main :
Lassitude au combat, diront les médecins.

Ce n'est pas cela. J'essaie de conserver mon corps en bon état. Je suis peut-être mort, je ne sais pas. Il y a quelque chose qu'il faudrait faire, que je ne fais pas. On ne m'a pas appris. Cette année, j'ai beaucoup vieilli. J'ai fumé huit mille cigarettes. Souvent j'ai eu mal à la tête. Il doit pourtant y avoir une façon de vivre ; quelque chose que je ne trouve pas dans les livres. Il y a des êtres humains, il y a des personnages ; mais d'une année sur l'autre c'est à peine si je reconnais leurs visages.

Je ne respecte pas l'homme ; cependant, je l'envie.

J'étais parti en vacances avec mon fils
Dans une auberge de jeunesse extrêmement triste
C'était quelque part dans les Alpes,
Mon fils avait dix ans

Et la pluie gouttait doucement le long des murs ;
En bas, les jeunes essayaient de nouer des relations amoureuses
Et j'avais envie de cesser de vivre,
De m'arrêter sur le bord du chemin
De ne même plus écrire de livres
De m'arrêter, enfin.

La pluie tombe de plus en plus, en longs rideaux,
Ce pays est humide et sombre ;
La lutte s'y apaise, on a l'impression d'entrer au tombeau ;
Ce pays est funèbre, il n'est même pas beau.

Bientôt mes dents vont tomber aussi,
Le pire est encore à venir ;
Je marche vers la glace, lentement je m'essuie ;
Je vois le soir tomber et le monde mourir.

II

LE NOYAU DU MAL D'ÊTRE

Une pièce blanche, trop chauffée, avec de nombreux radiateurs (un peu : salle de cours dans un lycée technique).

La baie vitrée donne sur les banlieues modernes, préfabriquées, d'une zone semi-résidentielle.

Elles ne donnent pas envie de sortir, mais rester dans la pièce est un tel désastre d'ennui.
(Tout est déjà joué depuis longtemps, on ne continue la partie que par habitude.)

TRANSPOSITION, CONTRÔLE

La société est cela qui établit des différences
Et des procédures de contrôle
Dans le supermarché je fais acte de présence,
Je joue très bien mon rôle.

J'accuse mes différences,
Je délimite mes exigences
Et j'ouvre la mâchoire,
Mes dents sont un peu noires.

Le prix des choses et des êtres se définit par consensus
[transparent
Où interviennent les dents,
La peau et les organes,
La beauté qui se fane.

Certains produits glycérinés
Peuvent constituer un facteur de surestimation partielle ;
On dit : « Vous êtes belle » ;
Le terrain est miné.

La valeur des êtres et des choses est usuellement d'une
[précision extrême
Et quand on dit : « Je t'aime »
On établit une critique,
Une approximation quantique,
On écrit un poème.

DIJON

Usuellement, en arrivant en gare de Dijon, j'atteignais un état de parfait désespoir. Rien, cependant, ne s'était encore produit ; il semblait encore flotter dans l'atmosphère, dans les bâtiments, comme une espèce d'hésitation ontologique. Les mouvements encore mal assurés du monde pouvaient s'arrêter d'un seul coup. Je pouvais, moi aussi, m'arrêter ; je pouvais rebrousser chemin, je pouvais repartir. Ou bien je pouvais tomber malade ; d'ailleurs, je me sentais malade. Le lundi matin, en traversant les rues en général brumeuses de cette ville à d'autres égards agréables, je pouvais encore croire que la semaine n'aurait pas lieu.

C'est vers huit heures moins dix que je passais devant l'église Saint-Michel. Il me restait quelques rues à parcourir, quelques centaines de mètres pendant lesquelles j'étais à peu près sûr de ne rencontrer personne. J'en profitais, sans cependant flâner. Je marchais lentement, mais sans détours, vers un espace de plus en plus restreint, vers un lieu de mieux en mieux délimité où allait se jouer pour moi, comme chaque semaine, l'enfer répétitif de la survie matérielle.

La machine à écrire pesait plus de vingt kilos,
Avec une grosse touche en forme d'éclair pour indiquer le retour chariot.
C'est je crois Jean-Luc Faure qui m'avait aidé à la transporter ;
« Pour écrire tes mémoires », se moquait-il sans méchanceté.

PARIS-DOURDAN

À Dourdan, les gens crèvent comme des rats. C'est du moins ce que prétend Didier, un secrétaire de mon service. Pour rêver un peu, je m'étais acheté les horaires du RER – ligne C. J'imaginais une maison, un bull-terrier et des pétunias. Mais le tableau qu'il me traça de la vie à Dourdan était nettement moins idyllique : on rentre le soir à huit heures, il n'y a pas un magasin ouvert ; personne ne vient vous rendre visite, jamais ; le week-end, on traîne bêtement entre son congélateur et son garage. C'est donc un véritable réquisitoire anti-Dourdan qu'il conclut par cette formule sans nuance : « À Dourdan, tu crèveras comme un rat. »
Pourtant j'ai parlé de Dourdan à Sylvie, quoique à mots couverts et sur un ton ironique. Cette fille, me disais-je dans l'après-midi en faisant les cent pas, une cigarette à la main, entre le distributeur de café et le distributeur de boissons gazeuses, est tout à fait le genre à désirer habiter Dourdan ; s'il y a une fille que je connaisse qui puisse avoir envie d'habiter Dourdan, c'est bien elle ; elle a tout à fait la tête d'une pro-dourdannaise.

Naturellement ce n'est là que l'esquisse d'un premier mouvement, d'un tropisme lent qui me porte vers Dourdan et qui mettra peut-être des années à aboutir, probablement même qui n'aboutira pas, qui sera contrecarré et anéanti par le flux des choses, par l'écrasement permanent des circonstances. On peut supposer sans grand risque d'erreur que je n'atteindrai jamais Dourdan ; sans doute même serai-je brisé avant d'avoir dépassé Brétigny. Il n'empêche, chaque homme a besoin d'un projet, d'un horizon et d'un ancrage. Simplement, simplement pour survivre.

Je suis difficile à situer
Dans ce café (certains soirs, bal) ;
Ils discutent d'affaires locales,
D'argent à perdre, de gens à tuer.

Je vais prendre un café et la note ;
On n'est pas vraiment à Woodstock.
Les clients du bar sont partis,
Ils ont fini leurs Martinis,
Hihi !

NICE

La promenade des Anglais est envahie de Noirs américains
Qui n'ont même pas la carrure de basketteurs ;
Ils croisent des Japonais partisans de la « voie du sabre »
Et des joggers semi-californiens ;

Tout cela vers quatre heures de l'après-midi,
Dans la lumière qui décline.

L'ART MODERNE

Impression de paix dans la cour,
Vidéos trafiquées de la guerre du Liban
Et cinq mâles occidentaux
Discutaient de sciences humaines.

Recréer des cérémonies...
Psychologies effilochées.
Un jour nos visages vont lâcher,
Nous aurons de mornes agonies.

Les traits construits par l'existence
Éloignent du visage de Dieu.
Moments ratés, faussement intenses...
Nous ironisons, devenons vieux.

Rediffusés par satellite,
Les marathons caritatifs
Maintiennent un niveau émotif
Pas trop intense, mais un peu vif ;
Plus tard, il y a des films de bite.

Des touristes danoises glissaient leurs yeux de biche
Le long de la rue des Martyrs ;
Une concierge promenait ses caniches ;
La nuit avait de l'avenir.

Captés par le pinceau des phares,
Quelques pigeons paralysés
Achevaient leur vie, épuisés ;
La ville vomissait ses barbares.

On se décide à se distraire,
La nuit est bien chaude et bien moite
Tout à coup l'envie de se taire
Vous casse en deux. La vie étroite

Reprend ses droits. On ne peut plus.
Comment font ces gens pour bouger ?
Comment font tous ces inconnus ?
Je me sens seul, découragé.

Quatre fillettes montraient leurs seins
Sur la pelouse des Invalides
Et j'avais beaucoup trop de bide
Pour leur tenir un discours sain.

C'étaient sans doute des Norvégiennes,
Elles venaient sauter des Latins
Elles avaient de très jolis seins
Plus loin, il y avait trois chiennes

Au comportement placide
(En dehors des périodes de rut,
Les chiennes n'ont pas vraiment de but ;
Mais elles existent, douces et limpides.)

KIKI ! KIKI !

Retournerai-je en discothèque ?
Cela me paraît peu probable ;
À quoi bon de nouveaux échecs ?
Je préfère pisser sur le sable

Et tendre ma petite quéquette
Dans le vent frais de Tunisie,
Il y a des Hongroises à lunettes
Et je me branle par courtoisie.

Je plaisante au bord du suicide
Comme un fil près d'un trou d'aiguille
Et si j'étais un peu lucide
Je sauterais sur toutes les filles

Et je ferais n'importe quoi
Pour passer au moins une nuit,
Pour arracher un peu de joie
Auprès de ces corps qui s'enfuient.

Mon sexe est toujours là, il gonfle
Je le retrouve entre les draps
Comme un vieil animal, il ronfle
Quand je réutilise mon bras.

Que ma main connaît bien mon sexe !
Ce sont de très anciens rapports
Rien ne la fâche, rien ne la vexe,
Ma main me conduit à la mort.

Je me masturbe au Martini
En attendant demain matin
Je sais très bien que c'est fini,
Mais je ne comprends pas la fin

Et tout seul, dans la nuit, je bande
Autour d'un halo de douceur
J'ai envie de poser ma viande ;
Je me réveille, je suis en pleurs.

Créature aux lèvres accueillantes
Assise en face, dans le métro,
Ne sois pas si indifférente :
L'amour, on n'en a jamais trop.

Dans les murs de la ville où le malheur dessine
Ses variations fragiles
Je suis seul à jamais, la ville est une mine
Où je creuse, docile.

Il y a les dimanches,
J'essaie de te baiser
Tu es là, froide et blanche,
Sur le lit défroissé
Et tu prends ta revanche.

Une odeur de salpêtre
Remonte à mes narines
Et nos deux corps s'empêtrent,
Un peu plus tard j'urine
Et je vomis mon être.

Le samedi c'est bien,
On va au Monoprix
Et on compare les prix
Des enfants et des chiens,
Le samedi c'est bien.

Mais il y a les dimanches,
La durée qui se traîne
La peur qui se déclenche,
Un mouvement de haine
Il y a les dimanches ;
Lentement, je débranche.

La liberté me semble un mythe,
Ou bien c'est un surnom du vide ;
La liberté, franchement, m'irrite,
On atteint vite à l'insipide.

J'ai eu diverses choses à dire
Ce matin, très tôt, vers six heures
J'ai basculé dans le délire,
Puis j'ai passé l'aspirateur.

Le non-être flotte alentour
Et se colle à nos peaux humides ;
De temps en temps on fait l'amour,
Nos corps sont las. Le ciel est vide.

Après avoir connu la nature de la vie
L'avoir examinée, soupesée en détail.
On aimerait détruire ce qui peut être détruit
Mais tout semble solide, et l'informe bétail
Des êtres humains poursuit
Son réengendrement, tant pis, vaille que vaille.

Le matin de mes jours m'apparaît vaguement
Lorsque je suis assis, tordu devant ma table,
Tout semble s'effacer et se couvrir de sable,
Le matin de mes jours disparaît lentement.

La vérité s'étend par flaques
Autour d'un étal de boucher
L'amour de Dieu est une arnaque,
Je regarde les chiens couchés

Qui happent des boyaux verdâtres
D'une gueule presque joyeuse,
Nous sommes des chiens idolâtres
Et je te sens très amoureuse.

Corps des femelles, sperme des mâles
Mélangés pour une oraison
Qu'on rend aux puissances infernales,
Je suis las de mes trahisons.

La vérité est dans le sang
Comme le sang est dans nos veines ;
Je m'approche, je te rentre dedans,
Tu n'as presque plus forme humaine.

Avec un bruit un peu moqueur,
La mer s'écrasait sur la plage ;
Dans l'attente du deuxième sauveur,
Nous ramassions des coquillages.

L'homme mort, il reste un squelette
Qui évolue vers la blancheur
Sous le poisson, il y a l'arête
Le poisson attend le pêcheur.

Sous l'être humain, il y a la brute
Configurée en profondeur
Mais au fond de sa vie sans but,
L'homme attend le deuxième sauveur.

L'indifférence des falaises
À notre destin de fourmis
Grandit dans la soirée mauvaise ;
Nous sommes petits, petits, petits.

Devant ces concrétions solides
Pourtant érodées par la mer
Monte en nous un désir de vide,
L'envie d'un éternel hiver.

Reconstruire une société
Qui mérite le nom d'humaine,
Qui conduise à l'éternité
Comme l'anneau va vers la chaîne.

Nous sommes là, la lune tombe
Sur un désespoir animal
Et tu cries, ma sœur, tu succombes
Sous la sagesse du minéral.

La permanence de la lumière
Me rend soudain mélancolique
Les serpents rampent dans la poussière,
Les chimpanzés sont hystériques.

Les êtres humains se font des signes,
Les ancolies fanent très vite
Je me sens soudain très indigne,
Je ne dispose d'aucun rite

Pour protéger mon existence
De la lutte et de la fournaise,
Cet univers où l'on se baise
N'est pas mon lieu de renaissance.

Pour perdre le sens du charnel
Il suffit de plisser les yeux
Je suis au centre du réel,
Je suis étranger à ces lieux.

Puisqu'il faut que les libellules
Sectionnent sans fin l'atmosphère
Que sur l'étang crèvent les bulles,
Puisque tout finit en matière.

Puisque la peau du végétal,
Comme une moisissure obscène
Doit gangrener le minéral,
Puisqu'il nous faut sortir de scène

Et nous étendre dans la terre
Comme on rejoint un mauvais rêve
Puisque la vieillesse est amère,
Puisque toute journée s'achève

Dans le dégoût, la lassitude,
Dans l'indifférente nature
Nous mettrons nos peaux à l'étude,
Nous chercherons le plaisir pur
Nos nuits seront des interludes
Dans le calme affreux de l'azur.

Playa Blanca. Les hirondelles
Glissent dans l'air. Température.
Fin de soirée, villégiature.
Séjour en couple, individuel.

Playa Blanca. Les girandoles
Enroulées sur le palmier mort
S'allument et la soirée décolle,
Les Allemandes traversent le décor.

Playa Blanca comme une enclave
Au milieu du monde qui souffre,
Comme une enclave au bord du gouffre,
Comme un lieu d'amour sans entrave.

Fin de soirée. Les estivantes
Prennent un deuxième apéritif,
Elles échangent des regards pensifs
Remplis de douceur et d'attente.

Playa Blanca, le lendemain,
Quand les estivantes se dévoilent.
Seul au milieu des êtres humains,
Je marche vers le club de voile.

Playa Blanca. Les hirondelles
Glissent au milieu de la nature.
Dernier jour de villégiature,
Transfert à partir de l'hôtel ;
Lufthansa. Retour au réel.

Nous roulons protégés dans l'égale lumière
Au milieu de collines remodelées par l'homme
Et le train vient d'atteindre sa vitesse de croisière
Nous roulons dans le calme, dans un wagon Alsthom,

Dans la géométrie des parcelles de la Terre,
Nous roulons protégés par les cristaux liquides
Par les cloisons parfaites, par le métal, le verre,
Nous roulons lentement et nous rêvons du vide.

À chacun ses ennuis, à chacun ses affaires ;
Une respiration dense et demi-sociale
Traverse le wagon ; certains voisins se flairent,
Ils semblent écartelés par leur part animale.

Nous roulons protégés au milieu de la Terre
Et nos corps se resserrent dans les coquilles du vide
Au milieu du voyage nos corps sont solidaires,
Je veux me rapprocher de ta partie humide.

Des immeubles et des gens, un camion solitaire :
Nous entrons dans la ville et l'air devient plus vif ;
Nous rejoignons enfin le mystère productif
Dans le calme apaisant d'usines célibataires.

III

Il faut préciser que je n'étais pas seul dans la voiture,
J'étais avec la morte ;
La nuit tournait sans bruit, comme une porte,
Nous traversions les gonds du monde ;
Les cheveux de la nuit,
L'approche du solstice,
Le corps désemparé qui transpire et qui glisse

Et la nuit était bleue
Comme un poisson nerveux,
La nuit soufflait partout,
Dans tes yeux s'allumait un regard un peu fou.

La nuit était très floue,
La nuit était partout,
Les images glissaient
Comme un rêve de craie.

Cette nuit, nous avons aperçu l'autre face.

LE PUITS

L'enfant technologique guide le corps des hommes,
Des sociétés aveugles
Jusqu'au bord de la mort,
Le corps gémit et beugle.

C'est un puits très profond
Et c'est un vide immense,
Très dense,
On voit les particules tournoyer, s'effacer.

L'enfant n'a jamais tort,
Il marche dans la rue
Il annonce la mort
Des âmes disparues.

Nous mourrons sans pardon
Et nous disparaîtrons
Dans l'ombre immense,
L'ombre d'absence

Où le vide sépare les particules glacées,
Nos corps
Morceaux de notre mort,
Trajectoires dérisoires de fragments déplacés.

Les dernières particules
Dérivent dans le silence
Et le vide articule
Dans la nuit, sa présence.

Les Enfants de la Nuit sont les étoiles...
Les étoiles rondes et lourdes du matin ;
Comme des gouttelettes chargées de sagesse, ils tournent lentement sur eux-mêmes en émettant un chant légèrement vibrant.

Ils n'ont jamais aimé.

Le premier jour de la seconde semaine, une pyramide apparut à l'horizon. Sa surface noire et basaltique nous parut d'abord parfaitement plane ; mais au bout de quelques heures de marche nous y décelâmes des nervures fines, arrondies, évoquant les circonvolutions d'un cerveau. Nous fîmes halte sous l'ombrage d'un bosquet de ficus. Geffrier remuait lentement les épaules, comme pour en chasser des insectes. Son visage allongé, nerveux, se ridait un peu plus chaque jour ; une expression d'angoisse y était maintenant constamment présente. La chaleur devenait insupportable.

Un manchot ou un borgne portant une plaie saignante,
Poudré et perruqué à la cour du roi Louis XIV ;
Il est courageux à la guerre.

Et monsieur de Villequiers continue ses petites expériences sur les insectes...

Je suis peut-être, moi-même, un véhicule de Dieu,
Mais je n'en ai pas vraiment conscience
Et j'écris cette phrase « à titre expérimental ».

Qui suis-je ?
Tout cela ressemble à une devinette.

Je referme mon stylo :
Suis-je content de ma phrase ?
Mon stylo n'est pas beau,
Je veux faire table rase.

Je me jette un regard dans la posture « artiste »
Et je trouve le spectacle à peu près répugnant.
J'ai beau être un artiste, je suis quand même très triste,
Entouré de salauds qui me montrent les dents.
Stylo, salaud !

C'est mon stylo, éjaculant
Des semi-vérités poussives
Qui est responsable, maintenant :
« Je cherche un monde où les gens vivent. »

Écrire,
Communiquer avec les hommes,
Ils sont si loin.
Jouir
(Généralement, avec sa main).
Un peu d'amour, odeur de pomme,
Partir
(Très loin, si loin. Trop loin.)

Il existe un espace insécable et fécond
Où nous vivons unis dans notre dissemblance,
Tout y est silencieux, immobile et profond,
Il existe un espace au-delà de l'enfance.

LES NUAGES, LA NUIT

Venues du fond de mon œil moite,
Les images glissaient sans cesse
Et l'ouverture était étroite,
La couverture était épaisse.

Il aurait fallu que je voie
Mon avenir différemment,
Cela fait deux ans que je bois
Et je suis un bien piètre amant.

Ainsi, il faut passer la nuit
En attendant que la mort lente,
Qui avance seule et sans bruit.
Retrouve nos yeux et les sente ;

Quand la mort appuie sur vos yeux
Comme un cadavre sur la planche,
Il est temps de chercher les dieux
Disséminés. Le corps s'épanche.

Nous avons établi un rapport diagonal
Sous la présence obscure, incertaine des bouleaux
Griffus, dans le silence impur et vertical
Qui nous enveloppait comme une eau
Lustrale.

Le désir entourait nos vies comme une flamme,
Nous avons accepté de lui servir de mèche
Je ne soupçonnais pas ce que peut une femme,
Loin de tes lèvres, mes lèvres devenaient vite sèches
Et mortes.

Seul sur le canapé la nuit est étouffante,
Il me semble que la nuit est chaque fois plus sombre ;
Je craque une allumette ; la flamme jaillit, tremblante,
Les images du passé se croisent entre les ombres,
Mobiles.

Je revois les bouleaux,
Ce soir
Je me verse un peu d'eau,
Je suis seul dans le noir.

PARADE

Suspendu à ta parole,
Je marchais sur la place au hasard
Les cieux s'ouvraient, et je devais jouer un rôle
Quelque part.

Déployée, la cascade morte
Répandait des fragments de gel
Autour de mon artère aorte,
Je me sentais superficiel.

Volcan de paroles superflues,
Oubli des relations humaines
Un monde existe où l'on se tue,
Un monde existe entre nos veines.

L'aveu de ce monde est facile
Si l'on fait le deuil du bonheur
La parole n'est pas inutile,
Elle arrive juste avant l'heure

Où les fragments de vie implosent,
Se rangent dans la sérénité
Au fond d'une bière décorée
Velours frappé, vieux bois, vieux rose.

Velours comme une limonade
Qui grésille en surface de peau,
Criblée comme une peau nomade
Qui se déchire en fins lambeaux

Dans un univers de parade,
Un univers où tout est beau
Dans un univers de parade,
Dans un univers en lambeaux.

PASCALE

Elle tremblait en face de moi, et j'avais l'impression que le monde entier tremblait.
(Fiction émotionnelle, une fois de plus.)

Une fin de vie solitaire,
Le chemin devient transparent
Et je n'ai plus un seul parent :
Une île enfoncée dans la mer.

Nous n'avons plus beaucoup le temps de vivre,
Mon amour
Éteins donc la radio,
Pour toujours.

Tu as toujours vécu par procuration,
Sans friction
Et si lisse,
La vie s'en va et le corps glisse
Dans l'inconnu,
La vie est nue.

Essayons d'oublier les anciens adjectifs
Et les catégories ;
La vie est mal connue et nous restons captifs
De notions mal finies.

Le temps sur Venise est bien lourd
Et je te sens un peu nerveuse :
Calme-toi un peu, mon amour,
Je te lécherai les muqueuses.

Il y aura des années à vivre
Si nous restons des enfants sages ;
Nous pouvons aussi lire des livres :
Regarde, mon amour, c'est l'orage.

J'aime ton goût un peu salé,
J'en ai besoin deux fois par jour ;
Je me laisse complètement aller :
Regarde, c'est la mort, mon amour.

CRÉPUSCULE

Les masses d'air soufflaient entre les bosquets d'yeuses,
Une femme haletait comme en enfantement
Et le sable giflait sa peau nue et crayeuse,
Ses deux jambes s'ouvraient sur mon destin d'amant.

La mer se retira au-delà des miracles
Sur un sol noir et mou où s'ouvraient des possibles
J'attendais le matin, le retour des oracles,
Mes lèvres s'écartaient pour un cri invisible

Et tu étais le seul horizon de ma nuit ;
Connaissant le matin, seuls dans nos chairs voisines,
Nous avons traversé, sans souffrance et sans bruit,
Les peaux superposées de la présence divine

Avant de pénétrer dans une plaine droite
Jonchée de corps sans vie, nus et rigidifiés,
Nous marchions côte à côte sur une route étroite,
Nous avions des moments d'amour injustifié.

IV

« Que tout ce qui luit soit détruit. »

Les habitants du Soleil jettent sur nous un regard
[impassible :
Nous appartenons définitivement à la Terre
Et nous y pourrirons, mon amour impossible,
Jamais nos corps meurtris ne deviendront lumière.

Il n'y a pas de responsable
Au malheur de l'humanité,
Il y a un plan délimité
Qui unit les premières années, les promenades sous les
[marronniers, les cartables.

En moi quelque chose s'est brisé
Hier au petit déjeuner,
Deux êtres humains de cent kilos
Parlaient estomac et radios.

Il lui disait : « Tu es méchante...
J'ai plus longtemps à vivre, alors fais-moi plaisir. »
Mais son vieux corps usé ne connaissait plus le plaisir,
Il ne connaissait que la honte,
La honte et la difficulté à se mouvoir,
Et l'étouffement dans la chaleur du soir.

Ainsi ces deux qui avaient vécu,
Qui avaient peut-être donné la vie,
Terminaient leur vie dans la honte.
Je ne savais que penser. Peut-être il ne faudrait pas vivre,
La recherche du plaisir est décrite dans les livres,
Elle conduit au malheur
De toute éternité.

Mais, cependant, ils étaient là, ce vieux couple.
« Il faut parfois se faire plaisir », disait-il
Et quand on voyait les replis de la chair de son épouse

On accordait la prostitution et le massage
À son vieux sexe usé.
« Il n'en avait plus, de toute façon, que pour quelques
[années. »

Entre ces deux êtres il n'y avait aucun espace de rêve,
Aucune manière de supporter la décrépitude
De faire de l'usure des corps une douce habitude
Ils existaient,
Ils demandaient la trêve,
Un espace de trêve
Pour leurs vieux corps usés,
La trêve toutes les nuits leur était refusée.

DJERBA « LA DOUCE »

Un vieillard s'entraînait seul sur le mini-golf
Et des oiseaux chantaient sans aucune raison ;
Était-ce le bonheur d'être au camping du Golfe ?
Était-ce la chaleur ? Était-ce la saison ?

Le soleil projetait ma silhouette noire
Sur une terre grise, remuée récemment ;
Il faut interpréter les signes de l'histoire
Et le dessin des fleurs, si semblable au serpent.

Un deuxième vieillard près de son congénère
Observait sans un mot les vagues à l'horizon
Comme un arbre abattu observe sans colère
Le mouvement musclé des bras du bûcheron.

Vers mon ombre avançaient de vives fourmis rousses,
Elles entraient dans la peau sans causer de souffrance ;
J'eus soudain le désir d'une vie calme et douce
Où l'on traverserait mon intacte présence.

SOIR SANS BRUME

Quand j'erre sans notion au milieu des immeubles
Je vois se profiler de futurs sacrifices
J'aimerais adhérer à quelques artifices,
Retrouver l'espérance en achetant des meubles

Ou bien croire à l'islam, sentir un Dieu très doux
Qui guiderait mes pas, m'emmènerait en vacances
Je ne peux oublier cette odeur de partance
Entre nos mots tranchés, nos vies qui se dénouent.

Le processus du soir articule les heures ;
Il n'y a plus personne pour recueillir nos plaintes ;
Entre les cigarettes successivement éteintes,
Le processus d'oubli délimite le bonheur.

Quelqu'un a dessiné le tissu des rideaux
Et quelqu'un a pensé la couverture grise
Dans les plis de laquelle mon corps s'immobilise ;
Je ne connaîtrai pas la douceur du tombeau.

PERCEPTION-DIGESTION

Quand la vie a cessé d'offrir de nouveaux mondes
Au regard étonné, quand la vie ne sait plus
Que ressasser des phrases étroites et peu fécondes
Quand les journées se meurent, quand s'arrêtent les flux

Au milieu des objets secs et définitifs
Un sac de perception se déplie et s'oriente,
Se gonfle et se dégonfle au rythme primitif
Des poumons fatigués par la journée violente.

Il n'y a pas de sagesse blottie au fond des corps
Et la respiration ne libère que du vide
En pleine digestion tout redevient effort,
Le poids léger des os nous entraîne vers le vide.

Le poids léger des os finit par nous offrir
Comme une alternative au choc des parasites
Qui se nourrissent de peau, et pourquoi tant souffrir ?
Un peu de vie résiste et s'éteint dans la bite.

LE VIEUX TARÉ

J'aurai quand même aimé, de temps en temps, ce monde,
L'imbécile clarté du soleil matinal
S'appliquant à tiédir mes chairs horizontales,
J'aurai parfois senti la douceur des secondes

La chaleur des étreintes et le plaisir connexe
De deux peaux qui s'effleurent ; les doigts timides et
[blancs ;
J'aurai senti le cœur qui fait battre le sang
Et le flot de bonheur qui envahit le sexe.

À l'abri d'un transat, sous le ciel bleu et sombre,
J'aurai surtout songé à la fusion des corps
À ces petits moments qui précèdent la mort,
Au désir qui s'éteint quand s'allongent les ombres.

Découvrant l'existence humaine
Comme on soulève un pansement
J'ai marché entre peur et haine
Journellement, journellement.

Les marronniers perdaient leurs feuilles,
Je perdais mes enchantements ;
Fin de journée, état de deuil :
Seul dans la cour, je serre les dents.

J'ai dû m'acheter un couteau
Le lendemain de mes quinze ans ;
J'aurais aimé être très beau :
Naturellement, naturellement.

Il y avait un mur et un train,
Je pouvais te voir tous les jours
Je rêvais de faire l'amour :
Interrogations sans frein.

Présence de la voie ferroviaire
Qui rythmait mes déplacements,
Je marchais parfois à l'envers :
Cette impression d'avoir le temps,
À treize ans.

La première fois que j'ai fait l'amour c'était sur une plage,
Quelque part en Grèce
La nuit était tombée
Cela paraît romantique
Un peu exagéré,
Mais cependant c'est vrai.

Et il y avait les vagues,
Toujours les vagues
Leur bruit était très doux,
Mon destin était flou.

La veille au matin j'avais nagé vers une île
Qui me paraissait proche
Je n'ai pas atteint l'île
Il y avait un courant,
Quelque chose de ce genre
J'ai mis longtemps à revenir
Et j'ai bien cru mourir
Je me sentais très triste
À l'idée de me noyer,
La vie me semblait longue

Et très ensoleillée
Je n'avais que dix-sept ans,
Mourir sans faire l'amour
Me paraissait bien triste.

Faut-il toucher la mort
Pour connaître la vie ?
Nous avons tous des corps
Fragiles, inassouvis.

Fin de soirée, les vagues glissent
Sur le métal du casino
Et le ciel vire à l'indigo,
Ta robe est très haut sur tes cuisses.

Camélia blanc dans une tresse
De cheveux lourds et torsadés,
Ton corps frémit sous les caresses
Et la lune est apprivoisée.

Cheveux dénoués
Elle me regarde avec confiance,
Corsage échancré.

Le lit est défait,
Des oiseaux marchent entre les cèdres :
Nous sommes dimanche.

Visage dans la glace,
Il faut préparer le café
La poubelle est pleine.

Son regard durcit,
Sa main attrape la valise ;
Tout est de ma faute.

Le mendiant vomit,
Quelques passagers s'écartent
Le métro arrive.

L'aurore est une alternative,
Se disait souvent Annabelle
La journée était une dérive,
La nuit était souvent cruelle.

Entre les sandales de plastique
Que son père appelait des méduses
Glissaient des ombres égocentriques ;
Les organes fonctionnent, puis ils s'usent.

Chaque aurore était un adieu
Aux souvenirs de sa jeunesse,
Elle vivait sans avoir de lieu
Et l'errance était sa maîtresse.

Elle chantonnait dans la cuisine
En se préparant des salades.
Midi ! Devant sa vie en ruine,
Elle caressait son corps malade.

Elle vivait dans une bonbonnière
Avec du fil et des poupées,
Le soleil et la pluie passaient sans s'arrêter sur sa petite
[maison,
Il ne se passait rien que le bruit des pendules
Et les petits objets brodés
S'accumulaient pour ses neveux et ses nièces

Car elle avait trois sœurs
Qui avaient des enfants,
Depuis sa peine de cœur
Elle n'avait plus d'amant
Et dans sa bonbonnière
Elle cousait en rêvant.

Autour de sa maison il y avait des champs
Et de grands talus d'herbe,
Des coquelicots superbes,
Où elle aimait parfois à marcher très longtemps.

Le soleil tombe
Et je résiste
Au bord des tombes,
Bravo l'artiste !

La lune est morte,
Morte de froid
Mais que m'importe !
Je suis le roi.

Le jour se lève
Comme un ballon
Qui monte et crève
À l'horizon,

Qui dégouline
De vapeurs grises,
Dans la cuisine
Je m'amenuise.

Des vitres courbées sur la mer,
Et l'immense océan des plaines
S'étendait, gelé par l'hiver ;
En moi il n'y avait plus la haine.

Les branches courbées souplement
Sous la neige douce et mortelle
Tracent un nouvel encerclement ;
Un souvenir me revient d'elle.

Souviens-toi mon petit le lac était si calme,
Chacun de tes sourires me remplissait le cœur
Tu m'as montré le cygne, un léger bruit de palmes
Et dans tes yeux levés je lisais le bonheur.

On se réveillait tôt, rappelle-toi ma douce ;
La mer était très haute et moussait sous la lune
On partait tous les deux, on s'échappait en douce
Pour voir le petit jour qui flottait sur les dunes.

Le matin se levait comme un arbre qui pousse,
Dans la ville endormie nous croisions des pêcheurs
Nous traversions des rues sereines de blancheur ;

Bénédiction de l'aube, joie simple offerte à tous,
Nos membres engourdis frissonnaient de bonheur
Et je posais ma main à plat contre ton cœur.

Cérémonies, soleils couchants,
Puis la constellation du Cygne
Et la sensation d'être indigne,
L'impossibilité du chant.

Tes yeux sont le miroir du monde
Marie, maîtresse des douleurs,
Marie qui fait battre le cœur ;
À travers toi, la Terre est ronde.

Il n'y a pas de gouffre limite
Où hurlent les eaux de terreur,
Le temps se replie et habite
Dans l'espace de ta douceur,

Dans l'espace de ta splendeur,
Le temps se replie et habite
Une maison de pure douceur,
Le temps capturé par les rites

Nous enveloppe dans sa blancheur
Et sur nos lèvres unies palpite
Un chant muet, géométrique,

D'une déchirante douceur
Un accord parfait, authentique,
Un accord au fond de nos cœurs.

Les pins, les nuages et le ciel
Se reflètent en foyers mobiles
Un bref croisement de pupilles,
Chacun repart vers l'essentiel.

La souple surface des prés
Imite la peau cervicale,
La journée s'agite et s'étale ;
Retour au calme. Le jeu diapré

Des masses d'air en flaques huileuses
Qui circulent entre les collines
Capte nos intuitions, les ruine ;
L'après-midi est amoureuse.

Les noyaux de conscience du monde
Circulent sur leurs pattes arrière
Entre l'espace et sa lisière ;
Chacun sait que la Terre est ronde.

Chacun sait qu'il y a l'espace
Et que son ultime surface
Est dans nos yeux, et nous ressemble
(Ou qu'il ressemble à nos cerveaux,
Comme le modèle au tableau) ;
Quand nous tremblons, le monde tremble.

L'anneau de nos désirs
Se formait en silence
Il y a eu un soupir,
L'écho d'une présence.

Quand nous traverserons la peur
Un autre monde apparaîtra
Il y aura de nouvelles couleurs
Et notre cœur se remplira
De souffles qui seront des senteurs.

Les semaines du calendrier, les murs
Les lundis broyés sans murmure
Les semaines et leur succession
Inévitable et sans passion
Les semaines,
Les heures
Sans haine,
Meurent.

Soleil,
Soleil sur la mer
Plus rien n'est pareil ;
Matinées bleues en solitaire,
Je m'émerveille entre les pins ;
La journée a le goût d'une naissance sans fin ;
Alcools inépuisables, purifiés, de la Terre.

Il y a un chemin, une possibilité de chemin
Et il y a également un signe
Qui est donné à certains,
Mais certains sont indignes.

Entre les fleurs du canapé
Mes yeux se frayaient un chemin
Je renonce à me disculper,
Il y a l'œil et puis la main.

La possibilité de vivre
Commence dans le regard de l'autre
Tes yeux m'aspirent et je m'enivre,
Je me sens lavé de mes fautes.

La délivrance, je sens venir la délivrance
Et la vie libre, où se tient-elle ?
Certaines minutes sont vraiment belles,
Je reconnais mon innocence.

17-23

Cette manière qu'avait Patrick Hallali de persuader les
[filles
De venir dans notre compartiment
On avait dix-sept dix-huit ans
Quand je repense à elles, je vois leurs yeux qui brillent.

Et maintenant pour adresser la parole à une autre
[personne, à une autre personne humaine
C'est tout un travail, une gêne
(Au sens le plus fort de ces mots, au sens qu'ils ont dans
[les lettres anciennes.)

Solitude de la lumière
Au creux de la montagne.
Alors que le froid gagne
Et ferme les paupières.

Jusqu'au jour de notre mort,
En sera-t-il ainsi ?
Le corps vieilli n'en désire pas moins fort
Au milieu de la nuit

Corps tout seul dans la nuit,
Affamé de tendresse,
Le corps presque écrasé sent que renaît en lui une
[déchirante jeunesse.

Malgré les fatigues physiques,
Malgré la marche d'hier
Malgré le repas « gastronomique »,
Malgré les litres de bière

Le corps tendu, affamé de caresses et de sourires,
Continue à vibrer dans la lumière du matin
Dans l'éternelle, la miraculeuse lumière du matin
Sur les montagnes.

L'air un peu vif, l'odeur de thym :
Ces montagnes invitent au bonheur
Le regard se pose, va plus loin :
Je m'efforce de chasser la peur.

Je sais que tout mal vient du moi,
Mais le moi vient de l'intérieur
Sous l'air limpide, il y a la joie
Mais sous la peau, il y a la peur.

Au milieu de ce paysage
De montagnes moyennes-élevées
Je reprends peu à peu courage,
J'accède à l'ouverture du cœur
Mes mains ne sont plus entravées,
Je me sens prêt pour le bonheur.

Doucement, le ciel bleu clair
Vire au bleu sombre
Et tes yeux sont toujours verts,
Tes yeux sont le miroir du monde.

Je le répète, il y a des moments parfaits. Ce n'est pas simplement la disparition de la vulgarité du monde ; pas simplement l'entente silencieuse dans les gestes si simples de l'amour, du ménage et du bain de l'enfant. C'est l'idée que cette entente pourrait être durable ; que rien, raisonnablement, ne s'oppose à ce qu'elle soit durable. C'est l'idée qu'un nouvel organisme est né, aux gestes harmonieux et limités ; un nouvel organisme dans lequel nous pouvons, dès maintenant, vivre.

La nuit revient, fin de soleil
Sur la pinède inévitable
Et tes yeux sont toujours pareils,
La journée est complète et stable.

Table

RESTER VIVANT

LE SENS DU COMBAT

I

II

III

IV

LA POURSUITE DU BONHEUR

I

II

III

IV

RENAISSANCE

I

II

III

IV

5735

Composition
NORD COMPO

Achevé d'imprimer en Espagne
par BLACKPRINT CPI
le 27 avril 2012.

1er dépôt légal dans la collection : août 2010

EAN 9782290028483

ÉDITIONS J'AI LU
87, quai Panhard-et-Levassor, 75013 Paris

Diffusion France et étranger : Flammarion